铃芽之旅

Suzume

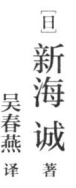

［日］新海诚 著
吴春燕 译

新星出版社　NEW STAR PRESS

目录

第一日

梦中常去的地方
002

如那风景般的
美男子
005

只有我们才能
看到的东西
017

大家嘟哝着，
开始了
037

第二日

爱媛寻猫
050

所以，我们现在
该跑去哪里？
055

因为你，
我成了魔法师
070

第三日

渡过海峡
080

四个人的回忆
091

进不去的门，
不该去的地方
104

夜晚的聚会
和孤独的梦
115

第四日

看得到，却无法
进入的那些风景
126

院子似的房间
130

假如天空的
塞子脱落了
144

又一次
161

第五日

你唯一能进的门

176

出发

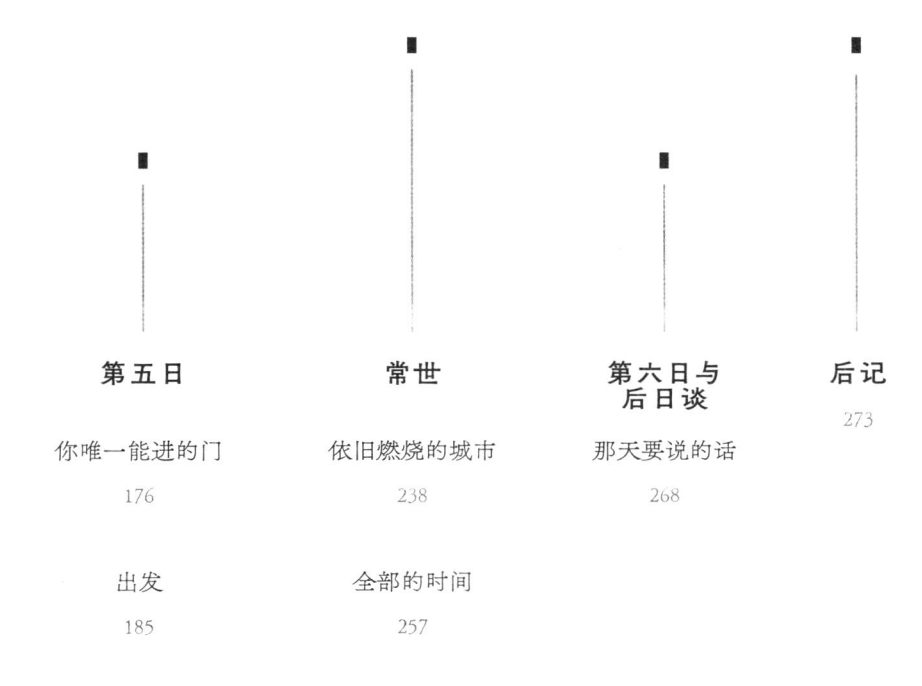

185

要找的东西是什么

194

左大臣登场

206

希望你做的事

218

故乡

228

常世

依旧燃烧的城市

238

全部的时间

257

第六日与后日谈

那天要说的话

268

后记

273

第一日

梦中常去的地方

我反复做着同一个梦。

在梦中，我不觉得那是梦。在那里，我还是个孩童，一个迷路的孩童，悲伤而不安。可我仿佛裹在自己喜欢的被单里，周遭飘浮着一种常有的安全感，难过却舒适，陌生却熟悉。明知道必须离开，却想一直待下去。但我还是个孩子，在所有感觉中，悲伤似乎占了上风，它一阵阵涌上心头。我拼命忍住啜泣，泪水已凝结成透明的晶沙，粘在眼角。

头顶群星闪烁，星空亮得炫目，好似有人错把天空调亮了十倍。太刺眼了，仿佛每束亮光都迸发着金属的撞击声。我的耳蜗里充斥着各种响声，星星的声音、干爽的风声、我急促的呼吸声，还有脚踏进草丛的声音。是的，我一直行走在草丛中。视野的尽头，耸立着仿佛环绕世界的群山，群山深处是白壁般的云层，云层上方悬着橙黄色的太阳。繁星、白云和太阳，它们同时出现在天空，似乎全部的时间都混在了一起，而我在天空之下不停地前行。

我看到了房子，每栋房子都覆盖着深绿色的植物，窗上的玻璃碎裂，破烂的窗帘被风吹动，发出微弱的响声。从窗口望进去，里面杂草丛生，而餐具、电子琴、教科书，这些东西却不可思议般崭新如故，七零八落地散落在草丛中。

"妈妈。"

我叫了一声，但像被抽干了气息一般，声音沙哑低沉。

"妈妈！"

我用尽力气，又大喊了一声，可声音被吸入覆满常青藤的墙壁中，仿佛从未发出过。

我就这么一直往前走，窥看了好几栋房子，踏过了无数杂草，喊了好多声妈妈，可无人回应。我没有遇见任何人，连一只动物都没看到。我呼喊妈妈的声音，被吸进了杂草、坍塌的房子、堆在一起的汽车和带篷子的渔船里，没有传来任何回响。我走啊走，看到的只有废墟。伴着满溢的泪水，无奈的绝望再次涌上心头。

"妈妈！回答我，妈妈，你在哪里？"

我抽泣着向前走。呼气成霜，潮湿的气息立刻变冷，向后飘去，让耳尖愈发冰凉。指尖沾满黑色的泥土，魔术贴靴子内的脚尖冻得生疼，可喉咙、心脏与眼睛的深处却灼得火热，好似只有那里生了奇怪的病。

回过神时，太阳已经落入云层，周遭被裹在澄澈的柠檬色之中，群星依旧在头顶肆无忌惮地闪闪发光。我走累了，也哭累了，最后蹲在了草丛中。寒风吹着在背上隆起的羽绒服，悄悄带走了体温，送来的则是阵阵无力。小小的身体似乎变成了泥塑，愈发沉重。

可是，从现在开始……

我突然觉得，我仿佛在远处凝视着自己。

此处开始，梦迎来了最精彩的篇章。我的身体冻僵了，在不安与寂寞中，心也愈发麻木。已经无所谓了，绝望蔓延至我的全身。可是——

"沙、沙、沙"，远处传来细微的声音。

有人从草地走来。原本尖尖竖起的坚硬杂草，在那人脚下却发出了如新绿季节时才有的轻柔声响。我仰起埋在双膝的脸，听着慢慢靠近的脚步声，缓缓站起身回头望去。我用力眨着双眼，就像要拭去眼中的泪影一般。在随风摇摆的草丛对面，我看到了一个人影，一个仿佛从火烧云色的薄纸对面透过来的人影。

那人宽松的白色连衣裙在风中蓬起，长发镶着金色的霞光，身材修长，像个大人模样。她的嘴边露出浅浅的微笑，那笑容仿佛黎明时的月牙儿一般。

"铃芽。"

她呼唤我的名字。那声音先触到了我的耳尖、指尖、鼻尖，就在一瞬间，一种如同浸在温泉中的惬意迅速向全身蔓延。刚刚还混杂在风中的雪片，不知何时化为粉色的花瓣，飘舞在我的身边。

是的，这个人就是，就是这个人。

我一直在找的——

"妈妈。"

我轻轻喊出了声,随即从梦中醒来。

如那风景般的美男子

那是梦中常去的地方。

早晨,我在自己的房间醒来。

我躺在褥子上,即刻明白了这一点。"丁零、丁零",窗边的风铃轻轻鸣响,风儿带着海的气息吹动了纱帘。啊,枕头湿了,贴着枕头的脸如此察觉到。寂寞与喜悦混杂在一起的悸动,还隐约残留在指尖和脚尖。我裹着被单,闭上眼睛,试图再度体味一下那甜蜜的慵懒。

"铃芽,起床没?"

楼下人带着一点火气,大喊了一声。我在心里叹了口气,懒散地坐起了身,大声回了句"起来啦"。刚刚还在回味着的梦之余韵,顿时消散得一干二净。

＊　＊　＊

"整个九州笼罩在大范围的高气压之中，今天将会是干爽晴朗的一天！"

宫崎电视台播报天气的姐姐微笑着说道。她还挥动彩色指示棒沿九州地图的外围画了一圈，宛如魔法少女在挥动手中的法杖。

"我先开动了——"

双手合十喊了一声后，我往厚厚的面包片上狠狠地抹了一块黄油，一边把黄油向四周抹匀，一边盯天气姐姐。我有点喜欢这个姐姐呢，她肤白如雪，该是北方人吧。咬口面包，响起了美妙的"咔嚓"声。真好吃！面包表层香脆，里面又软又甜，配上醇厚的黄油就显得愈发香甜可口。家里饭桌上的食材，总是有点奢华。

"今天的最高气温是二十八摄氏度，炎热稍稍散去，看来会是九月该有的舒适天气。"

天气姐姐说话的语调也好标准！

"你啊，今天别忘了带便当。"

厨房里的环姨用宫崎话嘱咐道，似乎有点责备我——或许只是我任性地这么想。"好——的。"我答道，听上去似乎没太反省。环姨每天早晨给我做便当，我却常常忘记带去学校，但这绝非故意。可话虽如此，在不带便当的日子里，我会感到些许挣脱束缚的自由。

"你这孩子,真让人没办法。"

环姨一边装便当,一边噘起红嘟嘟的嘴唇说。环姨的围裙下是一套利索的浅驼色西服裤装,无论是香菇头短发的光泽,还是眼睛显得炯炯有神的妆容,都让她看上去一如既往般无懈可击。

"还有啊,铃芽,我今晚要迟些回来。你就自己搞定晚饭,好吗?"

"咦,环姨是要去约会?!"

我赶紧把塞满嘴的煎蛋"咕咚"一声吞了下去。

"好好好,你慢慢享受啊!就算过了十二点回来也没关系的!就偶尔潇洒一下吧!"

"不是约会,是加班!"环姨回道,一下打破了我的期待,"要为渔业体验做准备。马上到打鱼季,得处理好多事情呢。给,你的便当!"

大号的午餐盒递到了我手上。今天又是沉甸甸的一盒。

正如天气姐姐所说,今天天气晴朗,几只老鹰在高空自在地盘旋。我踩着自行车沿海边的坡道往下冲,学生裙被风吹得猎猎作响,如深呼吸般蓬起。天空和海洋都蓝得有些虚幻,海堤上是一片翠绿欲滴,勾勒出地平线的云彩则纯白如初生一般。我突然感觉,自己穿着校服、踩着自行车从这里飞驰而过,要是能把这身姿拍下来放在社交软件上,效果会相当不错吧。身后是闪耀在旭日中的古港,眼前是坡道,还有踏着脚蹬的校服身影,这样的照片在我的脑海里浮现——海风中高高扬起的马尾，粉色的自行车，湛蓝色背景中的窈窕（可能）少女剪影。真是绝了！会有很多人"点赞"吧……哎呀！心里的某个角落突然收紧。哼！一阵惊愕从心底掠过。望着大海，我浮想联翩：你可真是轻松啊！

我轻轻吁了口气。湛蓝色的大海好似突然褪了色一般，我悻悻地收回视线，望向前方。

突然，我看到一个人走上了坡道。在这种近郊处，几乎无人会步行经过，我有些惊讶。大人们都是开车路过，孩子们也都坐在车上。至于我这样的高中生，要么骑自行车，要么骑小摩托。

那好像是一个男子，身材挺拔，长发和白色的长衬衫迎风飘动。我轻轻握住车闸，稍稍放缓了车速，慢慢靠近他。一个没见过的青年——或许是来旅游的吧，他背着一个登山用的背包，穿着一条发白的牛仔裤，大步流星地往前走着。长发有些卷曲，遮住了他眺望大海的侧颜。我再稍稍握紧车闸。突然，一阵海风吹过，他的长发随风飞扬，眼睛迎着阳光，这让我惊讶不已。

"好漂亮……"

我忍不住嘟哝道。他皮肤白皙，好似从未经历过夏天；脸部轮廓清瘦优雅；长长的睫毛，影子柔和地落在瘦削的面颊上；一颗小小的黑痣，**恰到好处地**长在左眼下方。不知何故，这般细节十分清晰地飞入我的眼中，仿佛我在近距离观看。他离得更近了，我垂下头。自行车的车轮声和他的脚步声混杂在了一起，我心跳加速。我们擦肩而过，相距只有五十厘米。所有声音都慢了下来，我在心底默默叨念：我、我们——以前好像在哪儿见过。

"嗨，你好！"

温柔低沉的声音传来，我便停下来回头看。那一秒的风景特别耀眼，他就站在我眼前，径直盯着我的眼睛。

"这一带，有废墟吗？"

"fèixū？"

意想不到的问题，我一下没反应出是什么意思。废墟？

"我在寻找一扇门。"

门？是说废墟中的门？我怯弱地回答：

"如果是问已经无人居住的村落，应该是在那边的山里头……"

他微微一笑。真是好美的笑容，周围的空气仿佛都因此变得柔和起来。

"谢谢！"

他迅速转身，朝我指的方向快步走去，一次也没回头。

"啊？"

我不由得傻傻地喊了一声。天上的老鹰在高声鸣叫。可不是嘛，真不尽兴。

* * *

头顶上方,"当当当"的警报声响起。在道口等待电车通过时,我的心跳依然有点快。那个人,到底是干什么的?我一边望闪动的红色信号灯,一边这么琢磨。

他是艺人,还是模特?实际看到后会有那种感觉吧。他美得不太常见,亲眼见到后能让人兴奋许久。不,不是,或许都不是。那个人就好像——

街灯照耀下的雪景,只有最高点沐浴旭日光芒的山顶,还有在无法触及的高处被风吹散的白云。说他是帅哥,倒不如说是如此景色般的美男子。而且,我感觉那景色在好久之前曾经见过。是的,我想起来了,就像梦中去过的草原,就像那令人依恋的奇妙风景——

"铃——芽!"

有人从后面拍了我一下。

"早上好!"

"啊,绚。早上好。"

兴许是跑过来的吧,波波头黑发的绚气喘吁吁地站到了我的旁边。只有两节车厢的短列电车从眼前经过,我们的短裙和截路机的横杆在风中摆动。这一刻,我才注意到,周遭充斥着上学途中的学生们的聊天声。"昨天的剧看了吧!""没睡够,好困啊!"大家聊得好起劲。

"咦？铃芽，你怎么脸红红的？"

"啊，不会吧！红吗？"

我赶紧用双手捂住了脸颊。是哦，热热的。

"真的红。你怎么啦？"

绚的目光透过眼镜片，诧异地盯着我的脸。我正不知该如何回答时，警报声突然停了，像是宣告时间到了一般。截路机的横杆抬起来，停在道口的人们一齐迈出了脚步。

"怎么啦？"

绚回头看看站着不动的我，有些担心似的问道。那个风景一样的人，似曾相识——我抬起自行车前轮，掉头向后。

"对不起，突然想起忘带了东西！"

我跨上自行车，朝来时的方向用力蹬去。

"喂，等等，铃芽，要迟到了啊！"声音在背后逐渐远去。

大清早的太阳晒得我汗流浃背，我以站立的姿势踩着自行车，朝山的方向驶去。小型卡车擦肩而过，司机大叔盯着我，心里肯定在纳闷，这个穿校服的家伙怎么朝与学校相反的方向飞奔？我驶出沥青铺设的县道，进入水泥加固的古老山路，海的声音顿时转为蝉鸣。我把自行车停在草丛中，跨过写着"严禁进入"的路障，眼前出现了一条像是野兽会出没的山间小道，我快步走了上去。

爬到山顶，看到山下的老温泉乡时，我才大口喘气，想起：哎呀，已经赶不上第一节课了吧。

空气里飘荡着淡淡的硫磺味。据说,在昭和末期至平成初期①,这里是一个大型的度假胜地。在那个如今已无法想象的繁盛年代里,大家带着家人、恋人和朋友,成群结队地从四方来到这个山坳里,泡温泉,打保龄球,喂马吃红萝卜,还会兴高采烈地玩打外星人的游戏(倒也不确定)。真有些难以置信啊!即便是今天,在这个被野草掩埋的村落里,到处都残存着曾经的热闹繁华。生锈的自动售货机,破损的红灯笼,晒得发白的温泉管道,缠满青藤的商店招牌,堆积如山的瓶瓶罐罐中混杂着莫名崭新的一斗缶②,还有头顶上方如大量植物般复杂纠缠的电线。别说我住的村庄,即便与我那高中所在的市中心相比,这个废墟里的物件也要多得多。

"喂,有人吗?"

我喊了一声,无人回应。不知何时,温泉没了,钱没了,人也没了。夏日阳光虽然在废墟上欢快地跳跃着,却有点瘆得慌。我踩在石缝里挤满青草的台阶上,格外大声地喊道:

"有人吗?那位帅哥在吗?"

我也只能这么喊啊。我走过小石桥,向这个看似度假地的中心设施——一座废弃的酒店,走了过去。圆形的水泥酒店,比周围

---

① 日本年号,昭和的使用期为1926年12月25日—1989年1月7日,平成则是1989年1月8日—2019年4月30日。

② 日本的一种方形罐子,容量约18升。

的旧房子明显大了许多。

"打扰了……"

我踏入酒店宽敞的大厅。瓦砾散落的地板上摆着几张沙发，窗边垂着一个破破烂烂的巨大窗帘。

"你好！喂，有人吗？"

我环视着四周，来到微暗的走廊上。天很热，但我从刚才开始就感觉脊背阵阵发凉，可能是我小看这座废墟了。我越发大声地喊了起来：

"喂，是我啊！好像和你在哪儿见过呢！"

一喊出口，就立刻觉得有点……是啊，这不是跟异性搭讪时的套话嘛。

还是回去吧！不知为何，我突然觉得好无聊，现在才觉得不好意思了。假如刚刚遇到了那个青年，我打算怎么办呢？换位思考一下，假如只向对方问了个路，就被一路追踪到这里，那得多可怕。怎么回事呢，这个地方真的越来越可怕了。

"回——去啦！"

我更响亮地喊了一声，快速转身，准备离开。可就在此刻，有一样东西掠过了我的眼角，让我停住了脚步。

"门？"

从走廊出去，就是酒店的里院。天花板已完全掉落，空荡荡的半圆形铁骨架屋顶的下方，有一个巨大的圆形空间，宽敞得似乎可以来一场百米跑。地面上积了一层水,中间兀立着一扇白色的门。周围散落着砖瓦和遮阳伞的残片,只有那扇门仿佛被谁特意搁在了那里。它又像是不许倒下一样,孤零零地立着。

"那个人,说起过'门'呢……"

不知怎的,我像辩白似的说了一句,随即朝那扇门走去。在下去里院的矮石阶上,我停住了脚。是雨水吗?还是有水从哪儿一直灌进来?铺着瓷砖的地板上,积水足有十五厘米深。哪怕浸湿校服皮鞋也行吗?这么想了一下,我还是踏进了水里。水渗进鞋中,那感觉格外让人怀念。水意外地凉,可走着走着,我很快就忘了这一切。

不知何故,我的视线无法离开眼前那白色的门。那是一扇古老的木门,青藤缠绕,油漆块块剥落,露出茶色的木材纹理。我发现那扇门只开了一点点,而那大约一厘米宽的缝隙里,却不可思议地黯淡。为什么?天空如此晴朗,为何那缝隙这般晦暗?我特别诧异。风声隐约传入耳中,我朝黄铜色的门把手伸出了手,用指尖碰了一下,只是轻轻碰了一下,门却"吱呀"一声打开了。

随即,一股无声的气息从门里漏了出来。

门内,竟是夜晚。

满天繁星,亮得炫目,不似真实。地面是绵延无尽的繁茂草原。我有点害怕,难道是脑子出了问题?又有点糊涂,莫非是在梦里?本来就是这样嘛,**我早就知道啊**……多种感觉在大脑里混成一团。我从水中抬起左脚,想要踏进草原。皮鞋踏上草时,该是那种触感吧——结果是"扑通"一声,鞋子还是踏进了水里。

"咦?!"

那里是大白天的里院,并非星空下的草原。

"啊?!"

我慌忙向四周望去,眼前依然是酒店的废墟。我转过身,看着那扇门,只有门里飘浮着一片黑夜,仿佛与夏日完全隔离。

"怎么会这样?"

我正要思考时,身体却跑了起来。我到了门前,看到了星空,钻进门里——然而,里面依然是废墟。我慌忙转身,再一次跑进门内的星空,依旧是废墟。我无法进入草原,草原不让我进去。我往后退,鞋子突然碰到一个硬物,脚下传来一个钟鸣般的声响。我惊讶地看向脚下……这莫非是个地藏菩萨?

有一个小小的石像,头部露出了水面。它就像狐仙像似的,两只大耳朵下面是一张倒三角形的面孔,上面刻着两只细细长长的眼睛。我一动不动地盯着它,不由自主。风声在耳边回响,仿佛在对我说着什么。我双手摩挲着石像,试图把它直接捧起。好重啊,我几乎是用力把它拔了出来,水里顿时冒出一个大大的水泡。我低头打量手中的石像,发现它状如短杖,底部竟然尖尖凸起。原来它是插进地板里的?

"好凉!"

石像是被冻住的。表面那层薄薄的冰,仿佛被我的体温驱赶了一般，即刻融化成了水滴，滴答着落入了水中。为何夏天的废墟中会有冰？我回头看看那扇门，星空下的草原就在门里，确实在那里，我看得清清楚楚。

哎呀！

我突然感觉石像有了体温。定睛一看，双手竟然抓着一个浑身是毛的柔软活物。

"哇呀！"

鸡皮疙瘩迅速从双手蔓延至全身，我猛地把**它**扔了出去，不远处立刻溅起一个水柱。紧接着，它从水底冒出，在水里快速奔跑起来，激起了一溜儿的小水花。它那动作就像一只四脚动物，朝着里院的一个角落窜去。

"咦咦咦咦咦?!"

啊！可是，可是，那明明是个石像呀！

"呜哇啊啊啊……好可怕！"

受不了啦！我吓得拼命跑起来。假的吧，做梦呢吧，这种事情是常有的吧，大家都经历过，只是没说吧，一定是这样，肯定的！抓紧回到教室，必须得跟朋友好好吹吹这件事。我一边想这些，一边在来时的路上飞奔。

只有我们才能看到的东西

午间休息的铃声响了。

"啊,岩户,现在才到?"

"喂,铃芽,脸色有点差哦。"

几个人跟我打招呼,我含糊地微笑回应着,走进了教室。

"终于来了!"

坐在窗边座位的绚吃着便当,一脸纳闷地说。

"你这大人物姗姗来迟啊,铃芽!"

坐在一旁的真美,边说边往嘴里送了一块玉子烧。

"啊……嗯,是啊!"

我赔着笑,面朝着两人坐了下来。这时,午餐时分的喧闹和窗外黑尾鸥的叫声才传入耳中,仿佛之前被我屏蔽了一样。我机械般从包里拿出便当,打开了盖子。

"呀——出现啦,阿姨牌便当。"

两人兴奋地叫了起来。饭团用紫菜和淡粉色肉松做成了雀[①]的大头造型;鸡蛋皮切丝做成蓬松的头发;鼻子是青豌豆做的;香肠成了粉色的面颊。玉子烧、小肉肠、炸大虾上都有笑嘻嘻的眼睛和嘴巴。

---

① 在日语中,铃芽和雀的发音相同。

"今天也是满满的爱哦。做这个,你阿姨得花多少时间啊?"

"嘿嘿。"

我先笑着回应了一下,仰起脸看着她俩,但我的笑容实在僵硬。

"对了……上之浦那里有个废墟,你们知道吧?是一个很老的温泉街。"

我试探着问她俩。

"嗯,是吗?绚,你知道吗?"

"啊,好像有呢!是泡沫经济时代的度假地,就在那边的山里。"

我们一起抬头朝绚手指的方向望去。被晒得褪了色的窗帘在风中摆动,外面就是一个午后的海港小城。包围着小小港湾的海岬,上面有座低矮的山,那就是我刚刚去过的地方。

"那里怎么啦?"

"有扇门……"

脱口而出的一瞬间,我突然发觉刚刚还盼着跟朋友吹牛的兴致,一下子全没了。那不是梦境,可也不是能跟朋友分享的东西,而是属于我个人的……

"还是算啦。"

"什么啊?快说完嘛!"

两人异口同声地说。真有些搞笑,我总算发自内心地笑了。可就在那一刻,我发现两人对面的那座山上缓缓升起一缕轻烟。

"看啊,那里是不是着火了?"

"嗯？哪里？"

"喏，就是那座山。"

"咦？哪里呀？"

"看嘛！冒烟啦！"

"嗯？到底是哪里呀？"

"咦？"

我无力地垂下了伸出的手指。"看到了吗？""没有。可能是哪里在烧荒吧？"看了看皱眉对话的两人，我又一次望向那座山，红黑色的烟雾正从半山腰升起。在湛蓝色天空的映衬下，那烟雾看上去格外清晰。

"哇！"

裙子口袋里的手机突然鸣响，同样的声音从周围一齐传来。可怕的刺耳声反复响起，是地震报警器的鸣叫，教室里随即响起低沉的哀鸣。

"呀，地震啦！""啊，不会吧，在摇晃呢?!"

我慌忙看了看手机，屏幕变成了紧急地震速报的警告画面，上面写着"晃动时请保护好头部"。我环视四周，只见从天花板垂下的荧光灯开始慢悠悠地晃了起来，粉笔也从讲台桌上落下。

"哇，有点摇晃啊！""在晃啊，在晃啊。""会是大地震吗？"

大家都屏住呼吸，一动不动，试图确定晃动的大小。荧光灯的晃动幅度开始变大，窗棂也发出轻微的"咯吱"声，脚下也在动。

不一会儿，感觉晃动慢慢停住了，地震报警器的声音消失了，手机也变安静了。

"停了？"

"停了、停了。咋回事嘛，这不也没啥嘛。"

"是有点吓人呢！"

"最近地震有点多呀！""都习惯了。""防灾意识不行啊！""地震警报真有点大惊小怪啊。"

紧张过后，教室里一片喧闹，可那与我无关。我的后背已经湿透，豆大的汗珠从刚才就不停地冒出来。

"看……"我的声音有些嘶哑。

"嗯？"

绚和真美望着我。虽然我觉得她们肯定会像刚刚那样，可还是忍不住对她俩说："看那里——"

裸露的山地上冒出了一个巨大的尾状物。刚刚看着还像一缕烟雾，现在变得更粗更大了，好似一条半透明的巨蟒，又像用破布条拧成的绳子，还像龙卷风中被卷起的红色水流。它缓缓地盘旋着，朝天空升去。那**绝不是什么好东西**，我全身都在发抖。

"铃芽，你从刚才起，到底在说什么啊？"

真美从窗户探出上半身望着山，诧异地问我。绚也担心似的轻声说：

"你今天没事吧？是不是不舒服？"

"你们看不见吗？"

我嘟哝着问了一句。两人都一脸担心地瞅着我，看来她们真的看不见，只有我看到了。大颗大颗的汗水从我的面颊划过，那感觉真有些难受。

"等等，铃芽！"

我来不及回答就飞奔出了教室，连滚带爬地下了楼，跑过校园，打开了自行车的锁。我用力踩着脚蹬，骑上了通往那座山的海边坡道。视线尽头的裸露山地上方，那条红黑色的尾巴还在缓缓攀升，清晰可见，仿佛在天空画出了一条粗线。乌鸦和其他野鸟聚集在粗线的周围，"嘎嘎"地鸣叫着。可是，和我擦肩而过的汽车的司机，还有在海堤上垂钓的人们，没有一人望向天空。整个城市，所有人，都像往常一样悠然地享受着夏日的午后。

"为什么没有一个人看到！究竟是怎么回事嘛！"

必须去确认一下。我的确看到了呀，难不成是幻觉吗？我从自行车上跳下，再次踏进了之前那条山路，边跑边望天空。那条尾巴变成了一条流过天空的大河，主干像是黏稠的浑浊物，几条线状的支流从主干伸向四周，一道好似熔岩流的红光不时在河中闪动。浅浅的地鸣不停从脚下传来，仿佛有什么东西要从地下被揪出来。

"不会吧——"

我大声喊着，跑进了温泉街的废墟中。我不停地跑，都快喘不过气了，可双腿像是被什么东西硬拉着，越跑越快。我过了石桥，穿过废弃的酒店大厅,再跑过通往里院的走廊。

"不会吧,不会吧,不会吧——"

我突然闻到周遭飘来的奇妙气味。那气味有些甜,又有点焦煳,还混着海潮的味道,似乎在很久之前就闻到过。前方就是窗户,视野打开了,我看到了里院。

"啊!"

果然——我毫无道理地这么想。就是那扇门,**它**就是从我打开的那扇门里出来的……红黑色的浊流剧烈旋转着从那扇门里喷了出来,就像在对着一个狭小的出口发泄不满。

我穿过走廊,总算来到了里院。那扇吐出浊流的白色的门,就立在正前方五十米左右处。

"咦?!"

我不由得瞪大了眼睛。翻滚起伏的浊流之下,有人在推门,试图把门关上。他有长长的头发和修长的身材,俊美的面部轮廓宛如晴空的剪影。

"就是那个人!"

今早擦肩而过的青年,拼命地想要把门关上。他健壮的双臂缓缓地把门推了回去,喷射变弱了,浊流被挡住了。

"你在干什么?!"

看到我后,他怒吼道。

"啊?!"

"快离开这里!"

那一瞬间,浊流仿佛炸开了似的又变猛了。门好像崩开一般彻底敞开了,青年一下被弹了出去,猛地撞向了砖墙,连同碎砖片一起倒在水中。

"啊!"

我慌忙奔下石阶,跑过积水的里院,来到他的身旁。他精疲力竭地倒下了,整个背部浸在水中。

"你没事吧?!"

我蹲下来,把脸凑近问他。呜——他吁了一口气,试图自己坐起来。我用手扶住他的肩膀,想帮他一把时,突然发现水面在闪光。紧接着,一条闪着金光的线仿佛被一只看不见的手捏着一样,静静地从水面浮出,"嗖"地冲向了天空。

"这是——"

青年嘟哝道。金色的线从里院的水面四处升起。抬头望去,从门里喷出的浊流在上空分散开来,布满了整个天空。那情形就像从门里长出的一根茎,尽头开出了一朵巨大的赤铜色花朵。金色的线就好比花洒中喷出的水柱,由下而上喷在那朵花上。接着,那朵花开始缓缓地倒下了。

"糟了……"

听着青年仿佛在绝望中费力吐出的声音,我开始了想象——午后慵懒的教室,窗外有一朵正在缓缓倒地的巨大花朵,但没有人看到那个异形物体，也没有人闻到那种异味，没有人察觉从世界的另一面逼近的异常变化。渔船上的打鱼人、垂钓的老人以及走在街道上的孩子们，都没有察觉那朵花在加速靠近地面。最终，花将连同其内部储存的巨大重量一起撞向地面。

裙子口袋里的手机尖锐地鸣响了，脚下的剧烈晃动也几乎同时出现。我忍不住尖叫起来。

"地震了，地震了，地震了——"

在地震报警器的冰冷警报声与剧烈晃动及废墟的"吱嘎"声中，我尖叫着用手捂住耳朵，当即蹲了下来。剧烈的地震来了，地面晃得厉害，我根本站不起来。

"危险！"

青年把我扑倒在身下，我的半张脸浸入了水中。紧接着"哐啷"一声，有东西重重地砸下，眼前的水面很快被染成了红色。是血?!青年忍不住呻吟了一声，随即坐起身来。他只看了我一眼，就喊道"快离开这里"。我们一起朝那扇门跑去。半圆形屋顶的铁骨架眼看着四处崩裂，最后落下，溅起一片片水花。

随着一声怒吼，青年整个身体撞向了那扇门。他用力推着门，试图将浊流推回去。我呆呆地凝视着他的背影，突然发觉他衬衫的左臂处一片血红。他似乎难忍疼痛，用右手按住了伤口，只用右肩推着那扇门。但浊流太猛，青年随着门一起被挡了回来。

原来他受伤了。在铁骨架落下时，是为了保护我——

我恍然大悟,"**地震了**",报警器一直在叫,地面依旧在剧烈晃动。从刚刚开始,我的右手就紧紧攥着校服的领结,指尖已然麻痹。青年的左臂无力地垂在身体的一侧,即便如此,他依然用整个背拼命地抵着那扇门。这个人——我突然想哭,莫名地想哭。这个人在做一件必须有人要做的重要事情,可是无人知晓,更无人看到。有种东西在我的心中萌动,他改变了我。地震还在持续,我试着伸开僵硬的右手,想要放开握得紧紧的东西。

我踏着水跑了起来。

我向他靠近,边跑边向前伸出双手,拼尽全力撞向那扇门。

"你——"青年惊讶地望着我,"为什么?!"

"因为这扇门,必须要关上吧?"

我大叫一声,同他并肩推着那扇门,一种不祥的感觉隔着薄薄的门板传了过来。我使出全身的力气,想要击退那份不快。我的手掌感觉到青年的力量也在增大。那扇门发出"吱呀吱呀"的声音,正被缓缓关上。

有人在唱歌——我突然发觉。青年一边推门,一边喃喃自语。我不禁抬头看他,只见他闭着眼睛专心地唱着,奇怪的歌词听着像是在神社中听到的祝词[①],又好似曲调悠扬的古老歌谣。那歌声随即开始混进别的声音。

"咦……什么啊?!"

---

① 日本神道教中向神祈福的一种固定文章。

有声音传来。是人的声音吧？像孩子们打闹时的笑声，又像一群大人的谈话声。

"爸爸快点啊。这里，这里！"

"好久没来温泉啦——"

一家人的愉快对话就像灌入我脑袋里一样，直接响了起来。

"我去喊爷爷过来！"

"妈妈，再去一次温泉池吧！"

"哎呀呀，爸爸他们还在喝酒吗？"

"明年再来吧！一家人一起。"

那遥远的声音，仿佛将褪色的场景带到了我面前。人声鼎沸，车水马龙，大家都坚信未来会更好。在我出生之前，这里的一幕又一幕——

"啪嗒"一声巨响，门终于关上了。

"关上啦！"

我忍不住大叫一声。青年迫不及待地抬起手，将一个钥匙状的东西插在了门上。我看到，原本光滑的门板表面似乎在一瞬间浮现出了一个锁孔。

"就此奉还！"

青年一边这么喊，一边转动了钥匙。巨大泡沫粉碎般的声音响起，浊流被弹得四下飞散。天就在那一瞬间亮了，我顿时感到晕眩。闪着彩虹色的雨倾泻而下，"哗哗"敲打着水面，却转瞬被风吹散了。

回过神时,远处的声音已经消失了。

天空一片湛蓝,地震也停了。

那扇门无声地伫立着,仿佛刚刚的一切从未发生过。

这就是我的初次"闭门"。

*　*　*

刚刚推门时过于用力,以至于我收回双手时,像硬拽回来一样费了点力,而双腿完全没了力气。水面已恢复平静,周遭回旋着山鸟的叫声。青年站在离我两步远的位置,盯着那扇门,一动不动。

"请、请问……刚刚插入锁孔的……"

"明明有要石封着才对啊!"

"咦?"

青年的视线总算离开那扇门,径直投向了我。

"你怎么来了这里?你怎么会看到蚯蚓?要石去了哪里?"

"啊,啊,那个……"

他的语气不太友善。我语无伦次地说:

"蚯蚓?嗯,yàoshí……石?是石头吗?咦?"

他的眼神有些严厉。噢,是在责备我吗?为什么?

"怎么回事嘛?!"

我突然生气了,大声驳斥道。青年一下愣住了,眨了眨眼睛,然后吃惊地叹了口气。他将遮着一只眼睛的长发随意拢向一侧,那动作竟然帅得一塌糊涂,这让我更生气了。可他没再看我,又望向了那扇门。

"这里一直是后门。蚯蚓会从后门出来。"

他又咕哝出一个莫名其妙的词语,接着朝出口走去。

"谢谢你帮了我。不过,忘掉在这里看到的一切,快回家吧!"

看着他大步走远的背影,我才发现他左臂上有一块很大的红黑色血迹,那是为了救我才受的伤。

"啊……等等!"我大声喊道。

* * *

白天的这个时间,环姨肯定不在家。我确信这点,所以放心地打开家门上的锁。

"你去二楼吧。我去拿急救箱。"

我对着一直站在玄关入口处的他说,然后去了客厅。

"哎呀,谢谢你的好意,可我——"

"就算你那么讨厌医院,也起码稍微处理一下伤口吧?"

对着坚决不肯接受治疗的他,我劈头盖脸来了一句。说什么不喜欢医生,简直是小孩子的任性嘛。平时看惯了的玄关,他往那儿一站，竟然显得格外狭小。他懒得再争辩，爬上了楼梯，脚步声从我身后传来。

村庄上空，罕见地出现了用于新闻报道的直升机，看来是很严重的地震。从废墟回家的路上，到处都能看到石墙崩塌，房瓦落下。平日里寂静的村落，今天熙熙攘攘，像过节似的。人们收拾着倒下的东西，互相问候着"幸好没事啊"。

我家客厅也一片凌乱：书架上的书在地板上散了一片；墙上的铜版画掉了下来；观赏用的小白蜡树连着花盆整个倒下，土都撒到了木地板上。墙上还有一块环姨专门设置的老照片角，有几个相框也从墙上掉了下来。我瞥了一眼那张自己在小学入学典礼上几乎要哭出来的照片（比现在年轻大概十岁的环姨站在一旁，满面笑容），打开储物柜寻找急救箱。

我心里想着，自己的房间肯定也乱七八糟的吧，就爬上了二楼，没想到竟然整齐利落。看来是我找急救箱时，青年帮我收拾了一下。此刻，他坐在房间的正中间睡着了，想必是太累了。仔细一看，他竟然坐在原本放在房间一角的儿童椅子上。那是我的一张涂着黄色油漆、小小的木制旧椅子。被收拾了的房间也好，幼稚的小椅子也好，都让我感到一阵尴尬，仿佛自己被人看到了意想不到的隐秘之处。我大声喊道"得赶紧把伤口清洗一下"，叫醒了他。

"十三点二十分左右，发生了最大烈度不到六级的地震，震源位于宫崎县南部。本次地震不存在引发海啸的危险。此外，目前还未收到有关人员伤亡的信息。"

听到这里，青年点了一下手机屏幕，关掉了新闻播报。虽然他的手臂上有大片血迹，但裂伤并没那么严重。保险起见，我还是用水认真清洗后为他贴上了消毒贴。他坐在椅子上，我跪在他的一侧，拉过他健壮的左臂开始缠绷带。长衬衫的前襟垂着锁上那扇门的神奇钥匙，是浅铜色的，金属质地，上面还颇费心思地做了一些装饰。微风从敞开的窗口吹了进来，鸣响了窗边的风铃。

"你好熟练啊。"

他看着我缠绷带的手说。

"因为我妈妈是护士啊——对了，我有好多问题想问你呢！"

"也是啊。"他微微咧了一下标致的嘴唇，笑着说道。

"嗯……你说过'蚯蚓'这个词，对吧？那是什么？"

"蚯蚓是指在日本列岛地下蠕动着的巨大力量。它无目的、无意志，邪力聚集到一定程度就会喷射而出，无比狂暴，接着就会地动山摇。"

"啊？"我完全听不明白，但先不管这些了，"可你降服了它，对吧？"

"只是暂时把它关了起来。如果不用要石封印它，它又会从某个地方出来。"

"哦……也就是说,还会发生地震?要石,你刚刚也说过的吧?那又是什么——"

"没事的,"他温和地安抚我,"防备它,是我的工作。"

"工作?"

绷带缠好了。贴上外科医用胶带后,伤口的处理就结束了。可是,我的疑问反倒越来越多了。

"喂,"我生硬地喊了他一声,"你到底——"

"谢谢,真是费了你好多工夫啊。"

青年温柔地说。他端正好坐姿后,正视着我的眼睛,对我深深地点头致礼。

"我的名字是草太,宗像草太。"

"哦!啊!那个,我的名字是岩户铃芽。"

他突然自报姓名,害我吃了一惊,语无伦次地报上了自己的大名。"铃芽、铃芽",草太反复轻声念叨着我的名字,轻轻地笑了。

就在这时——

"喵!"

"哇!"

突然传来猫的叫声。抬头望去,看到窗边有一个小小的黑影,原来是一只小猫孤零零地坐在飘窗的扶手上。

"咦,这只小猫好瘦哦!"

它手掌般大小的身体骨瘦如柴,只有黄色的眼睛瞪得圆溜溜的;

一身洁白，只有左眼周围长着一圈黑毛，好像被打后留下的黑眼圈；耳朵无精打采地耷拉着，那张脸相当惹人怜爱。

"稍等一下！"

我对猫和草太说了一声，就赶紧去了厨房找到小鱼干，再盛到碟子里，连水一起放在了窗边。小猫嗅着味道，小心翼翼地舔了一下，便狼吞虎咽地吃了起来。

"它饿坏了呢……"

我望着它肋骨凸起的身体说。好像没在附近见过这只猫。

"你不会是从地震里逃出来的吧。没事吗？吓坏了吧？"

白猫仰起头，径直看着我的脸，回了我一声"喵"。

"好可爱！"

"挺勇敢的呢！"草太在一旁微笑着说。

"喂，做我家的猫吧？"我忍不住对猫说。

"嗯。"

"啊？"

它竟然会回答。玻璃球似的黄色眼睛一动不动地盯着我。原本枯树枝般瘦弱的小小身体不知不觉变得胖乎乎的，像个大福饼似的，耳朵也一下竖了起来。风铃声突然响起，小猫那张掩在白毛下的嘴巴开口说话了：

"铃芽，好温柔，好喜欢。"

那声音好似在学说话的幼儿一般，磕磕巴巴的。猫竟然开口说话了!它黄色的瞳孔透出人一般的意志,那双眼睛从我身上移向草太,突然眯了起来。

"你,碍事。"

"咯噔"一声,有什么东西倒了。我下意识地一看,是草太坐的椅子倒了,**只有椅子倒了**。

"咦?啊,啊?"

我环视房间。

"草太,你在哪儿?"

他不在房间里。直到前一刻还坐在这里的草太不见了。白猫坐在窗边一动不动,嘴角看上去带着一丝笑意,令人毛骨悚然。这时,我脚下传来"咯噔"的响声,只见椅子倒在地板上,但感觉哪里怪怪的。

"嗯?"

那把木制儿童椅子没有左前腿,现在只剩三条腿。其中一条腿在动,好像被谁摇晃了。仰过来的椅子因此又往一边倒去,但另外两条腿用力蹬着地板,立了起来。

"咦?"

椅子用三条腿"咯噔、咯噔"地来回移动,拼命保持着平衡,两只眼睛一直盯着我。对了,椅背上刻着两个明显的凹槽,看着很像眼睛。接着,这把涂了黄色油漆、只有三条腿的儿童椅子像要检查自己的身体似的,低头打量着自己。

"怎么了,这是……"

椅子说话了,就是刚刚那个温软的声音。

"啊啊啊啊!"我不禁大叫起来,"你不会是草太吧?"

"铃芽……是我……"

这时,椅子突然失去了平衡,向前打了个趔趄。不过,它立刻踢了下前腿,又直起身子顺势转了起来。它拼命动着那三条腿,"咯哒、咯哒",踢踏舞般的声音在房间响起。椅子总算停了下来,目不转睛地盯着窗边那只猫。

"是你干的吧?!"

椅子,不,是草太,愤怒地喊道。猫麻利地从窗边跳去了外面。

"等等!"

椅子也跑了起来,踩着书架爬到了窗边,直接从窗口跳了出去。

"啊——别别别……"这里可是二楼!

"哇——"

室外传来草太的叫声,我慌忙从窗口探出身子,只见椅子顺着斜屋顶滑了下去,落到院子里晒着的东西上,不见了踪影,转眼又从被单里窜了出来。此时,白猫已经穿过院子跑到了大路上。椅子追在后面,也飞奔到了狭窄的行车道上,正要经过的汽车惊慌地鸣响了喇叭。

"不会吧?!"

得去追!可转念一想,我是不是精神错乱了?今天感受到的恐怖、紧张和错乱，在我脑子里一下苏醒过来。蚯蚓和地震？会说话的猫和会跑的椅子？这些都和我无关，最好是不要跟它们掺和。我在想，自己的世界不在**那里**，但也一直不清楚**那里**是哪里。环姨、绚还有真美，亲人朋友的面孔一一浮现在我的脑海里。

可是，可是，**那些只有我们能看到啊。**

我仅仅犹豫了一秒钟，就抓起草太落在地板上的钥匙跑了出去。跑下楼梯时，我甚至忘记了自己曾犹豫过。

"啊，铃芽！"

"环姨！"

正要出门时，环姨刚好进来。

"抱歉，我有点事出去一下。"拔腿就想跑时，环姨抓住了我的胳膊。

"喂，你去哪里？我就是担心你才回来的！"

"咦？"

"地震了啊！你一直不接电话——"

"啊，抱歉！我没听到！因为没出什么事啊。"

再不追上去就找不到了。我用力甩开环姨的手，跑到了路上。

"你等等！"环姨的叫声在我身后迅速远去。

我顺着草太他们跑去的方向冲下坡道，终于在视野的尽头看到了他们的影子。草太的腿脚不好使唤，他像是在坡道上滚动。有一群初中生正从他的前方爬上坡道,而椅子一下绊倒并滑下坡道,在初中生们面前停住了。

"哇——""啊,这是什么?""椅子?"

他们都愣住了。草太赶忙站起身,可一下没站稳,竟然围着他们转了起来。

"呜哇!"被神秘物体缠住,这帮初中生发出可怕的叫声。可能很快确定了方向吧,草太离开他们,又开始往下跑。

"对不起!"

他们用手机狂拍椅子的背影。我直冲上去拨开他们,朝椅子追去,快门声在背后响成一片。哎呀,把我都拍进去啦!不会发到社交软件上吧?!

草太的前方有一只小猫的身影,再往前就是港口。聚在码头的黑尾鸥就像便利店前的小混混,一齐飞了起来。白猫跑过那里,椅子也跑过那里,我也随后跑过了那里。猫的前方就是渡轮,乘客此时正在登船。等等,等等——虽然预感不妙,但姑且先跑着吧。

"喂,小铃芽!"

"嗯?!"

有人喊我的名字。朝那粗犷声音传来的方向望去,看到稔叔在另一个码头隔着海冲我用力地挥手,他似乎刚从渔船上卸货。稔叔是环姨的同事,默默单恋了环姨好多年,却没得到回应。他为人很和善,我不讨厌他。

"怎么啦？"

他问我，可我现在根本回答不了啊。这个港口的渡轮乘船处是一个简陋的铁舷梯，一群卡车司机正走在上头，猫从他们脚下溜过，草太也紧随其后。

"什么呀？什么呀？"这帮大叔吓得哇哇直叫。

"啊！真是的！"

我一不做二不休，也冲上了铁舷梯。

"真对不起！"

我嘴里道着歉，拨开这些大叔，跑过舷梯跳到了船上。

"让大家久等了。今日午后发生的地震延误了出港时间。现已确保安全没有问题，本船将很快启航。"

平时从远处传来的汽笛声，今天以刺痛鼓膜的音量在耳边响起。仿佛被午后斜射的阳光推着一般，搭载着猫、椅子和我的渡轮缓缓离开了港口。

大家嘟哝着，开始了

穿过渡轮的入口处，就来到了立着几台自动售货机的大厅。开长途卡车的司机大叔们习以为常地围坐在圆桌旁，迫不及待地喝起了啤酒。

"看到刚刚那个了吗?""看到了,看到了!到底是啥呀?""不是猫吗?""不不,一个椅子形状的东西在跑呢!""是玩具吧!""是无人机吧!造得真好啊。"

咦,变成他们聊天的话题啦!我一边来回打量大厅的角角落落,寻找草太他们,一边小跑穿过了大厅。我穿着校服,浑身是汗,大叔们诧异的眼神让我很不自在,于是汗出得更猛了。我顺着走道爬上梯子,穿过乘客稀稀落落的客舱,又爬了一段台阶。上面是渡轮的外廊,向着大海。

"去哪儿了?真是的!"

我忍不住叫了起来,有些生气。那感觉就好像自己的宠物给别人添了麻烦,而且那宠物还是被无端强加给自己的。狭窄的走廊尽头,就是宽敞的船尾露天甲板。

"啊!"

竟然在这儿!就在甲板的正中间,小猫和儿童椅子迎着猛烈的海风,正生气地瞪着对方,中间隔着两米的距离。这是现实世界里的事吗?还是孩子气的噩梦?我突然感到一阵晕眩。

"为什么逃跑?!"

草太怒吼着靠近白猫,白猫则后退几步。

"你到底对我的身体做了什么?!你又是什么?!"

白猫默不作声,一点点往后退。后面是栏杆,下面就是大海。

"回答我!"

椅子弯起腿，猛地冲向白猫。白猫敏捷地躲开椅子，爬上了立在渡轮最后方的细长雷达桅杆。

"啊！"

又跑了！我跑到草太身旁，一起抬头向上望去，只见白猫孤零零地坐在大约十五米高的桅杆顶端。

"铃——芽。"

啊！它在叫我，那黄色的圆眼睛炯炯有神地盯着我。

"再见啦。"

白猫发出稚嫩的声音，磕磕巴巴地对我说。话音未落，它就从桅杆跳向了大海，把我吓得倒吸一口凉气。但是，它的身体落在了从后方疾驰而来的警备艇上。

"啊——"

警备艇转眼就超越了我们的渡轮。无可奈何，只能呆呆地目送它的背影远去。

过了一会儿，转头望去，我住的那个城市的海岸线已经离得越来越远了。渡轮的航行轨迹如同一条脐带，从港口长长地延伸过来，沐浴在即将落山的夕阳下，波光闪闪。

* * *

"所以嘛，我今天住在绚家。嗯，对不起啦！明天我肯定按时回家，别担心！"

在微暗的化妆室一角，我将手机贴在耳朵上说。为了不让环姨听到脚下传来的发动机声，我用手捂着整个手机和嘴巴。

"等等，等等，铃芽！"光听声音，眼前就能生动地浮现出环姨快要哭出来的表情。

"你可以住在绚家，不过你房间里的那个急救箱，用来干什么了？你不会受伤了吧？"

"都说没事了。我俩在玄关碰到时，你也看到我没事，对吧？"

"而且，你一直不太喜欢鱼干这东西，拿出来干什么？"

好啰唆啊！我眼前浮现出一边说话，一边看满墙照片的环姨。环姨参加过我的学习成绩发表演出会、运动会，还有两次毕业典礼和三次入学典礼，每次必定会满面笑容地跟我一起拍纪念照，而一旁的我却没挂上太多笑容。那种照片在我家摆得到处都是。

"我是不想去管那种事……"

苦于无法回答，我便不出声了。环姨接着说道：

"可是你啊，是不是在和一个奇怪的男人来往——"

"不是啦，很正常啦，没事的！"

我忍不住叫了起来，立即结束了通话，随即一声长长的叹息脱口而出。啊，这样一来就更让她担心了，会让她更加过度保护我的。不过，我决定把所有麻烦都推给明天的自己，便走出了化妆室。

第一日

　　搭乘夜间的渡轮，平生还是第一次。海上一片漆黑，看起来比白天更加深邃。波浪翻腾的浩瀚大海就在脚下，我若稍有疏忽，后果将极其可怕。我停止想象，爬上梯子来到了外廊，风吹乱了我的头发。廊下的一角，在通往瞭望甲板的露天梯子下，草太无声伫立着，那儿童椅子的身姿被淡淡的月光照着。话说回来，那把椅子真的是草太吗？不安再度向我袭来。可果真如此的话，草太应该更加不安吧，那我至少应该表现得乐观一些吧？我又在心里这么暗暗决定。

　　"草太！听说这艘船会在明天早晨到爱媛呢。"

　　我快步走向草太，将从船员那儿打听到的消息告诉了他。

　　"那只猫跳上的船，听说也是去同一个港口。"

　　"是吗……"

　　随着草太的声音响起，那把椅子也"咯噔"着朝我这边移动了。我下意识地想往后退，但用力忍住了，还故作轻松地说：

　　"我买了面包回来！"

　　我在大厅的自动售货机上买了炒面面包和牛奶夹心面包，还有纸盒装的牛奶咖啡和草莓牛奶。把两手抱着的这些点心放在草太的一旁后，我也在他身旁坐了下来。

　　"谢谢。"他的声音听起来有点开心了，我便松了口气，"不过，我不饿。"

　　"哦……"

　　对啊，他现在是把椅子，根本没法吃饭。为此，我也在自动售货机前犹豫了好久呢。为了不让肚子"咕咕"叫,即使叫了也不想让他听到,我抱紧膝盖,用腿抵着肚子,谁叫我早饭后还什么都没吃呢。我俩坐在点心的两侧,眺望着缓缓流动的星空。月还未圆,照着层层云峰。夜晚的廊下冷飕飕的。

"我说啊……"我想也不能一直这么沉默着,于是大胆地问他,"你的身体怎么了?"

"我……应该是被那只猫诅咒了。"草太自嘲似的轻声笑着说。

"诅咒……你没事吧?不会很疼吧?"

"没事的。"草太笑着回答,而我忍不住伸手碰了他一下。

"是暖的……"

椅子竟带有人的体温,这让我立刻想起"魂魄"这个词。如果真有这个东西,那肯定是说这个温度吧。椅子的眼睛——椅背上刻着的那两个凹槽处,也映着淡淡的月光。

"不过,得想些办法才行。"

草太看着月亮,自言自语道。

"对了,我有件在意的事情想告诉你——"

我鼓足勇气说了出来。

"废墟里的石像!"

他听我说了一阵子后,突然大喊了一声。

"那个是要石啊!你拔出来啦?!"

"咦,那算是拔出来了吗……"

我只是拿在手上看了看啊。可我想这么说时，草太像自说自话似的重复说着：

"原来如此，那只猫就是要石啊！没想到它置自己的职责于不顾，逃了出来……"

"嗯，怎么回事？"

"是你给了要石自由，导致我被它诅咒了！"

"啊，不会吧——"

我很困惑，却奇妙地接受了这件事。那张刻在石像上的脸不是狐狸的，而是猫的。石头在我手中变成了小动物，我还记得那个触感。

"对不起，我不知道是这样——那该怎么办呢？"

椅子原本一直盯着我，突然把目光投在了地板上。草太轻轻吁了一口气：

"不，是我不好，我太迟才发现那扇门。这不怪你。"

"可是——"

"铃芽，我是闭门师。"

"闭门师？"

草太将整个身体转向我，发出"吱吱"的响声。只见它用两条后腿摇摇晃晃地撑着身体，"咔嗒"一声翘起了前腿，举起从椅背上垂下来的钥匙给我看。就是我从房间带出来的、加了点装饰的那把旧钥匙，猫逃跑后，我把它挂在了草太的脖子上。

"为了避免灾难出现，我专门给开着的门上锁。"

"咯噔"一声，椅子的前腿又站回了地板上。草太接着说道：

"在没有人烟的地方，被叫作'后门'的门扉有时会打开。不吉利的东西会从那扇门里出现，所以得上锁，将那块土地还给本来的主人，也就是产土神。为此，我就在整个日本巡游。这便是我们闭门师本来的工作。"

后门、闭门师、产土神①，明明全都是我不知道的词汇，可又感觉在哪里听过。虽然不明白意思，但感觉大脑深处很清楚含义。这是为什么？

"铃芽，你饿了吧？吃吧。"

我正要好好思考一下时，草太非常温柔地问了我一声，用前腿轻轻地把点心推到了我的膝盖旁。

"嗯……"

我拿起牛奶夹心面包，双手打开了塑料包装袋。一股甜味轻飘飘升起，却立刻被海风吹散。

"把猫变回要石，封住蚯蚓，那我肯定可以恢复原来的样子。"

他的声音是如此温柔，或许是不想让我害怕吧。

"所以，你什么都不用担心，明天就回家！"

面包的松软和奶油入口即化的香甜，随着草太温柔的声音一起缓缓渗透到我整个身体。对那个从熟悉的黄色儿童椅子上发出的声音，我已经完全不觉得有何不妥了。

---

① 类似我国的土地神。

* * *

那晚，我做了一个梦。

我成了一个迷路的孩童，可路过的地方不是那片星空下的草原。或许，是我还没走到那片草原吧。经常出现的梦境里，有一个很长很长的故事，在不同的日子就会出现不同的片段，有时是开篇，有时是中章，有时会迎来高潮。我感觉，今天的梦就是故事最初的部分。

时间是冬天的深夜。我应该离家不远，可奇怪的是，熟悉的房子都不见了，我不知道自己走在何处。空荡荡的大路上没有一个人，地面泥泞不堪，每走一步，鞋子都会沾上更多冰冷的泥。悲伤、寂寞和不安，这些情感已经成了我的一部分，满满地堆在我的心间，每次前行就在我小小的身体里来回晃荡。好冷！雪花在飞，天空和地面一片灰暗。淡黄色的满月挂在空中，仿佛把那灰暗轻轻切开了一般。月光下，我看到了信号塔的剪影，那是这一带最高的建筑物，眼熟的就只有它了。

"妈妈，你在哪儿？"

我边喊边走。不久，眼前出现了一扇门。在被雪掩埋的瓦砾中，只有那扇门兀立着，被雨雪濡湿的装饰板模糊地映着月光。

我的手仿佛被门把手吸引一般，伸过去抓住了它，金属的冰凉顿时渗进了我的肌肤。转动把手，推门，门"吱呀"着打开了，门内的风景惊住了我这个小孩。与此同时，我察觉到这是自己理应知道的地方。明明是第一次来，却是那般熟悉；尽管被拒绝，却感觉在被召唤；虽觉悲伤，却兴致盎然。

我踏进了那扇门，踏进了那片耀眼星空下的草原。

*　*　*

"咯噔"，什么东西倒下了，声音惊醒了我。

"草太？"

是椅子倒了，三脚朝天地倒下了。

"好厉害的睡姿……"

这也算是睡姿吧？我坐起身，只见扶手对面，旭日下的橙色大海波光粼粼。一群黑尾鸥在空中喧闹地飞着，如同集体上学的小学生。葡萄色的澄净天空，挂着透明净洁的太阳。日出了，而昨晚，我们在外廊的一角睡着了。

"草太！"

我碰了碰椅子，摇了摇他。他没有反应，可体温还在，依旧睡着。我放心了，便站起身来，从扶手探出身体，看了看渡轮前进的方向。不知不觉，渡轮的周围开始出现大大小小的岛屿，还有几艘船。到宇和海了——我们已经进入繁闹的丰后水道。在如同银箔般闪耀的大海对面，我看到了立着无数起重机的海港。海潮的气味，以及重油、植物、鱼的气味,还有人们的生活气息,相互交融在一起。

"嘟——"

汽笛突然鸣响,音量大得仿佛要把人压倒一样。我突然感觉,周围的一切都在兴奋地对我说"来吧,开始了"。到底是什么开始了?是旅行?还是人生?抑或只是新的一天呢?可周围的声音、气味、阳光、体温,都慌慌张张地嘟哝着"总之从现在开始了"。

"好兴奋!"

我凝视着沐浴朝阳的风景,忍不住脱口而出。

第二日

爱媛寻猫

  我不曾去海外旅行过，但踏上外国土地的那一瞬间，想必会十分激动吧。从连接渡轮的狭窄舷梯往下走时，我就突然这么想。校服皮鞋踏上码头水泥地面的那一刻，我在心中欢呼"到四国啦"。

  这是我人生中的初次登陆。我在原地站住，等那群大叔的背影远去，彻底拉开距离后，我才迈开了脚步。保险起见，我背着手拿着儿童椅子，像把草太藏在了背后似的。我两手空空离开了家，身穿学生校服，手里只有一把儿童椅子，活脱脱成了一个神秘人物。我可真不想太惹眼啊。

  "今天也好热呀！""俺要直接去大阪啦！"

  走在前面的大叔们大声嚷嚷着，而我走在带着白铁皮屋顶的简陋通道上，尽量和他们保持着一定距离。码头广播里传出"衷心欢迎您下次乘船"。虽然觉得这里跟老家宫崎有些地方不同，但声音、空气还有港口的寂寥感都没什么两样。天空的颜色、海潮的气味，以及被暴晒的水泥地面，都和宫崎一模一样，真没劲！

  "铃芽？"

  "咯噔"一声，后背的椅子突然动了动，随之响起草太的声音。我不由得站住了脚。

"你终于醒啦!"我放心地吁了口气,"草太,你一直不醒,我就开始想这一切不会是在做梦吧!"

出了渡轮码头,是一个空旷的停车场。在停车场的一个角落,我对草太抱怨起来。从日出到现在的差不多两个小时里,我喊了他无数次,可怎么都叫不醒他。

"原来……我在睡觉啊……"草太的声音依旧迷迷糊糊。

接着,我又长长地叹了一口气。

"唉,算啦算啦!接下来是找猫!咱们怎么找呢?是先从港口开始打听吗?"

"咦?"

"话说回来,这是哪里啊?"

我从裙子口袋里掏出手机。还好拿着手机出来了,不然连坐渡轮的钱都付不出。

"对了,你等等!"

草太着急地叫住我,我却充耳不闻,开始摆弄手机。屏幕上有一条信息通知,是环姨发来的,我赶紧把它划走,接着打开地图确认自己现在的位置。我现在在爱媛县西端的八幡滨港,往东走就是市区,电车站也在步行可达的距离之内。原来如此!我点了点头。那就顺便看看离家有多远吧!我点选了地图的移动记录,画面一下扩大到四国、九州这一大片区域,随即显示出了离家的距离——二百一十九公里。

"哇，我来到好远的地方啦！"

"如果乘坐下一班渡轮，今天你就可以回到家了。昨天已经说了吧？不用担心我，你就直接回家吧——"

"啊！"

我不禁叫了一声。

"咦，怎么了?!"

"看这个！"

我蹲在地上，给草太看社交软件的画面。那上面有人发了一张照片，是一只蹲在电车座位上的猫。就是那只白猫。

"是那家伙吧?!"

"怎么回事……"

将社交软件设置为"显示附近的人"，时间排序里竟然是清一色的白猫照片。昨晚它在警备艇的船头，拂晓时在港口的系缆桩上，早上在大桥的栏杆上，几个小时前在电车站的长椅上，几分钟前在电车内的票据箱上……那只白猫极为上镜，被拍得就像社交软件上那些超萌的小奶猫。

"在打卡胜地遇到了这只可爱的小东西！""天哪天哪，真的太可爱啦！""坐电车遇到了《侧耳倾听》的真猫版！""给猫咪站长吃猫条！""好可爱……好可爱，刚才它一直在我身旁呢！"每张照片都配着一些表达力贫乏、词汇单调的句子。那只白猫每去一个地方，都是一副狡黠得意的样子（看起来的确是这样），任由别人给自己拍照。

"啊？大臣？"

我看到连续好几个动态都写着"白色的胡须真像过去的**大臣**，超可爱！""向上翘起的连鬓卷毛胡子真的超像**大臣**！"最后还给它加上了一个"#和大臣在一起"的主题标签。

"不是吧？不过，它的确长着一张那样的脸……"

"这家伙，现在正坐着电车向东移动呢！我要去追！"

草太说完就"咯噔、咯噔"地向前走了起来。他一边走，一边"吱吱"地将椅背转向我，还仿佛通知重大决定一般，严肃地说道：

"我们就在这里告别吧！铃芽，谢谢你一直陪我到这里。回去时要小心哟！"

嗯，买去哪里的票好呢？不管啦，总之我在显示屏上按下最大的那个按键，"嘀"的电子音在天花板很高的车站内响起。

"我说啊……"

我不理会手上草太那细弱的抗议声，从售票机取了票，将椅子抱在怀里，立刻钻进了八幡滨站的检票口。

"你不回去，家里人会担心的吧？！"

"没事！我家是放任主义。"

我淡定地小声回了一句。我自以为只是随手抱着椅子罢了，没什么大不了的，可一群身穿不同学生校服的同龄人却一直目不转睛地盯着我。

"去往松山的单人运转列车进站了——"

车站广播传来不紧不慢的进站播报，我们随即登上了这趟刚刚进站的银色电车。空空的电车过了几站，几乎跟我们包车一样。总算可以松一口气了。

"这趟旅行很危险，你跟着我就麻烦了。"

我膝上的儿童椅子为难地说。

"怎么能这么说呢，草太？"我将手里正摆弄着的手机拿到了他面前，"你看这个！"

社交软件的动态里显示着椅子奔跑在坡道上的背影，动作敏捷但摇晃得厉害，那架势反倒产生了一种奇妙的真实感，像足了UMA（未确认动物）。此外，还有他在码头奔跑的样子，以及今早在港口附近行走的样子，甚至还有我的照片，尽管脸部拍得不太清楚。

"看到怪物啦！""我也看到啦！""椅子形状的无人机？！""旁边神秘的校服少女是谁？"我们似乎成了一个热点话题，甚至还出现了"#奔跑的椅子"这种主题标签。

"怎么会……"

"你看，你在人群里行走多危险！这样的话，接下来你肯定会被人逮住！"

"嗯……"草太无话可说，沉默片刻后才老实地继续说道，"铃芽，没办法啦，在找到大臣之前就拜托你了。"

椅子低头致礼,发出轻微的"吱吱"声。我暗想着"太好了",也微笑着低头向草太致礼,并说了句"我才要拜托你呢"。

总算被当成同伴了,太棒啦!我默默地给自己鼓了鼓劲儿,随即抬起了头,发现远处座位上有一个幼儿正好奇地看着我们这边。幸好幼儿的妈妈在看手机,好危险!我肩负着让草太恢复原形的使命,得一直守护着他,直到他恢复成人的模样!

所以,我们现在该跑去哪里?

不过,我至少该买支防晒霜呀,要是在最开始那个车站买了就好了。我一边瞪总算开始西沉的太阳,一边重复已不知道是今天第几次的抱怨。我的肌肤肯定被灼伤了,今晚一定要好好泡个澡。话说回来,真泡得了吗?再说了,太阳落山后,晚上该住在哪里呢?第一次来四国,就得第一次露宿野外,不会吧?连着两晚都不能泡澡吗?我们行走在山路上,路边护栏的下方是一个巨大的蓄水池。我瞅着它,绝望地想:今晚要是泡不了澡,不如就在这儿洗个糟糕透顶的冷水澡?

我们根据社交软件上发出来的照片,不停换乘电车,追踪着白猫大臣的踪迹。可往往是刚到前一张照片的拍摄地,又看到它在其他地方的照片被传了上来,就这么一直没完没了。可除此之外,也没有其他线索了呀！现在，我们正朝着两小时前上传的那张照片的拍摄地奔去。照片上，大臣正在橘子田里**摆姿势**，附文则是"小白猫拜访了我家的农园！ #和大臣在一起"。沿这条山路再爬一段就是那家农园了，可一路上没看到一家便利店和商店，我也一直没买成防晒霜。

背后传来摩托车的声音。

"草太！"

我慌忙大喊，边喊边朝走在前方几米处的椅子跑去，从背后抱起了他。就在那一刻，一辆小摩托从我身边飞驰而过。

"你没被看到吧？"

"不用那么担心。"

草太笑着说道。不过，我觉得他的危机感不够强。如果他被电影《玩具总动员》中那种怪人掠走，该怎么办？那样的话，除了找猫，我又多了一项新的任务——夺回椅子。可是，一直抱着这个儿童椅子，手臂格外累，所以在没人看到的地方，我还是尽量让他自己走。

"咯噔"，从山路上方传来什么东西落下的声音，还有"吱吱"的刹车声，又隐约听到有位女子喊了声"糟糕"。

"嗯？"我朝山路上方望去，"咦?!"

只见好多橘子滚了下来。我想起来了，刚刚从身边经过的小摩托的货架上，放着一个大箱子。

"啊！"

橘子几乎散满了路面，朝我们滚来。我愣住了，而这时，草太猛地从我身上跳了下去。我吓了一跳，目光跟着他走，只见他用腿勾住了路边田地上的防兽网，甩了一个"U"形掉头回到我身边。

"铃芽，你压住那里！"

"咦，啊，好！"

草太拉着那张网从我面前冲过，我俩便拉着网站在了路两旁。几乎同时，橘子开始一个接一个地被收入网中。

"不会吧?!"

我听到声音，仰起头看到山道上方有个戴头盔的女孩，她正惊愕地望着我们。草太此刻装作是普通椅子，"咔嗒"一声倒在了地上。我俩成功地把滚下来的橘子一个不差地截住了。

*　　*　　*

"真是帮大忙啦，太感谢啦！"

茶色波波头、身穿红色校服衬衫的女孩握着我的双手使劲儿摇。我有点招架不住她的势头，不过还是勉强地笑着说："没事，没事。"

"你就像个魔法师呢！到底怎么做到的啊？"

"啊……"她好像没看到椅子上蹿下跳，我松了口气，开始含糊其词，"怎么说呢，身体下意识地……"

"哎，真是厉害啊！"

看样子，她是发自内心地佩服我。她化着眼妆的眼睛瞪得圆溜溜的，水汪汪的。

"我叫千果，上高二。"

她用手指着自己的胸脯。

"啊，同岁呢！我叫铃芽。"

"嘿，铃芽。好可爱的名字！"

哎呀，她是个自来熟。不过，竟然同岁，我心底顿时涌出一种亲切感。

"咦，铃芽，你的校服——"

她直接叫了我的名，但我一点也不觉得别扭。她上下打量着我：

"你不是我们这里的人，对吧？"

"啊，嗯。"

不如，我也直接叫她的名吧！我突然感觉应该这样做。接着，我就将事情的大概经过（当然隐瞒了一些）告诉了她。

"啊，你在找猫？从九州来这里找？！"

千果一边看手机上显示的农园照片，一边惊讶地说。我俩并排坐在道路旁的空地上，回过神来，才发现周围嘈杂的蝉鸣已经变成了暮蝉的合唱。山路下方的蓄水池，水面颜色也由翠绿色慢慢变成了带着些许微绿的灰色。

"这只猫是铃芽养的吗？"千果说着，把手机递给了我。

"嗯，倒也不是……"

我含糊支吾着，把她答谢我的橘子掰下一瓣儿，丢进了嘴里。真没想到，好甜啊！干渴的喉咙被滋润得好舒服，那股甜味一下渗进我走累了的身体里，真爽啊！我又掰下六瓣儿，一次性塞进了嘴里，这比便利店的橙汁还要甜一千倍！

"这橘子好甜，好像可以治好晒伤呢！"

我一说完，千果就开心地笑了。

"刚刚不好意思啊！这路高低不平的。"

"高低不平？"

"嗯。我开得太快，轮胎刚好碰到断坡，捆箱子的橡皮带就脱落了。不过，直到昨天都好像没有这么不平啊！我没把箱子捆好，真对不起！"

"好辛苦啊……你是在打工？"

"不是哦，因为我爸妈就是做服务行业的。这些橘子不会直接卖给客人，要请人先加工一下，所以你想吃多少就吃多少。可以防紫外线晒伤！"

我俩一起笑了。甜甜的橘子，还有千果爽朗的笑声，一下缓和了我先前的紧张。

"对了，铃芽，你这是要去农园？"

"咦，啊，嗯，是的！"

我赶紧刷新一下手机上的照片。不好了，不好了，内容全换成放学后的闲扯了。我再次看看照片，赶紧抬头确认一下周围的景物。

"千果你看，这张照片的背景，是不是在这附……"

我没说完，最后一个"近"字卡在了喉咙里，取而代之的是一声讶异。

"怎么啦，铃芽？"

我回答不出。感觉千果正在诧异地看我，可我的视线仿佛被焊在了一个点上似的，怎么也不能从**它**身上移开。为什么？为什么在这里？不知何时，暮蝉声也停了。隔着蓄水池的远处土山上，一群乌鸦正"嘎嘎"叫着，红黑色的烟雾正从那里缓缓升起，仿佛要把乌鸦群一分为二。啊，那个看上去闪着微光的东西，就是只有我和草太才能看到的、一条巨大的蚯蚓。

"啊，那个——"

我的声音开始颤抖了。我抱起脚下的草太，对千果说：

"抱歉，我有急事，得先告辞了！"

"啊，咦？急事?!"千果满脸惊讶地问道。

我抱着椅子，条件反射似的跑了起来。我顾不上回头看千果一眼，就沿着山道往蚯蚓出现的方向跑去了。

"草太，蚯蚓会在任何地方出现吗?!"

"肯定是这个地方的后门开了！得赶紧关上才行——"

又要地震吗？一阵寒战从脚下传来。我加快脚步，想要用力踏碎这种不快。蚯蚓又粗又长，不断向天空延伸。草太发出了焦急的声音：

"看这个距离，跑着去的话会来不及！"

"怎么会……"

"喂，铃芽！"

有人在背后叫我。我转头看到骑着小摩托追上来的千果，她在我跟前刹住了车。

"千果！"

"虽然我不明白发生了什么，但你很着急，对吧？"

她一脸认真地看着我的眼睛。

"坐上来！"

小摩托在没有汽车经过的山路上毫无顾忌地飞速行驶，而我坐在货架上紧紧抱着千果。树林不断地迅速向后滑动，从缝隙间可以隐约看到蚯蚓，它已经变成了模糊不清的赤铜色。太阳不知何时已经落山了，在逐渐变浓的紫色夜空中，蚯蚓就像一条在空中移动的红色夜光虫，看上去很不吉利。

"确定是这里吗?!"千果脸朝着道路前方，在风声和引擎声中大声喊道，"这前面，几年前曾有过泥石流，现在没人住！"

"现在成废墟了?!就是那里，麻烦你往那儿开吧！"

我大声回答，然后将嘴巴贴近草太说：

"喂，会不会又有地震呢？"

"蚯蚓在空中攀升时会吸收地气,变得越来越重,等它倒在地上时就会引发地震。我们要赶在它倒地之前锁上门,就可以防止地震。这次必须得——"

前方突然冒出一个大型告示牌,车头灯射在上面,反射回的光十分刺眼,于是千果急忙刹住了车。牌上写着一排很大的字"前方发生泥石流,全面禁止通行",地面上也放了一排彩色锥形筒。前面的道路应该是被崩塌的砂石堵住了,小摩托看来过不去了。周遭飘着很浓的甜味,好像是什么东西腐烂了。

"就到这里吧!"

我从小摩托上跳了下来,抱起椅子就跑。

"千果,太谢谢你了!"

"喂,你等等,铃芽!"

千果的叫声被我甩在了身后。快点快点,我心跳加速。在被冲毁的道路深处,那个一片漆黑的村落对面,闪烁着红黑色光芒的蚯蚓看上去巨大无比。道路泥泞,我一边跑,一边甩掉粘在校服皮鞋上的泥巴。

"铃芽,你到这里就行了!"

草太说完,从我身上跳了下去。他仿佛一只挣脱主人绳索的小狗,拼命从我身边跑开了。

"啊,草太,等等!"

"这前面很危险!你快回去找那个女孩吧!"

第二日

"草太!"

那个像是三脚兽的身影瞬间窜进了微暗的瓦砾中,一下就消失不见了。不会吧?草太!我又喊了一声,但他没有回应。

我突然喘不过气来,在原地站住,不由自主地浑身用力大口吸气,仿佛肺部在渴求空气一样。那股甘甜的气味被我大量吸入了身体,我开始剧烈地咳嗽起来。我拼命调整呼吸,试图忘掉那股气味,假装没闻到,努力不去嗅它。我费了好大劲儿,才将胸中那股污浊的气息全部吐了出来。呼吸总算稳定了,我刻意地轻轻呼吸,同时向四周望去。屋顶和电线杆埋在泥沙中,黑乎乎的,散得到处都是。再往里面,那条红色的大河看上去越来越亮,似乎要向空中落去。脚下的地面持续传来可怕的地鸣,好似有什么东西在一齐朝着那条红色的大河移动。

在这种地方,就我一个人。为何就我独自一直站在这里?**怎么又是这样?**仿佛是谁出了什么差错,导致本应从噩梦中醒来的我一直无法醒来,一种让人无可奈何的不安与恐惧从心底升起。我感觉自己就像一个被遗弃的孩子,周围全是埋在泥土中的倾斜屋顶,莫名其妙地直立着的围墙,还有什么也映不出来的漆黑窗玻璃……眼角的泪水忍不住夺眶而出。

蚯蚓那红色的光芒渗进了周围所有的景物。

草太说让我回家,他说让我回去找那个女孩。

"可就算回到千果那里,又能怎样呢?"

我喃喃自语道。

"就算回到九州，回到家，又能怎样呢？"

让人想吐的甘甜气味依旧弥漫在四周，它已经不由分说地侵入了我的身体。我无法装作什么都没察觉，它明显成了**这里**的异物。心中突然涌出一股怒火，我都已经到这儿了，凭什么要我回去？可我该怎么办？

"才不是没有办法！"

我拼尽全身力气大喊了一声，随即跑了起来。我朝着草太跑去的那片黑暗，不管不顾地全力跑去。校服皮鞋踏着泥，踏着玻璃，好像还踩碎了某种塑料。每跑一步，恐惧与不安就会降低一点。是的，我认为就是这个方向。只要朝着草太所在的方向奔跑，这种不安肯定会消失。如果背道而驰，不安肯定会加剧。所以，我现在奔跑的方向绝对是正确的。

爬上黑暗的坡道，我的视野开阔起来。在经过倒塌的废屋之后，眼前突然出现了一个空荡荡的学校操场，蚯蚓就是从那个像是学校大楼的建筑物里喷出来的。我朝那个方向走下去，在空无一人的房子中间穿过。前方有一扇校门，学校的右侧是山，从那里冲下的砂石埋住了操场的右半边。我穿过校门，进了操场，砂石边缘堆着一排沙袋，一直延伸到前方一百米左右的学校大楼。

"难道学校就是后门？！"

如同浊流的蚯蚓，从学生专用的玄关口处喷涌而出。在亮光的左下方有一个小小的影子，一把小小的儿童椅子正在拼命地推着两扇对开铝门中的一扇。

"草太！"

"铃芽?!"

红色的浊流从我的头顶流过，泥泞的地面黏糊糊地映着浊流的红光。

"给我钥匙！"

他边推门边说。在他盯着的地方，也就是我和玄关的中间，有一个东西模模糊糊地反射着蚯蚓的红光。那不是草太一直挂在脖子上的旧钥匙吗？它几乎半埋在泥中，我跑上去用右手把它捞了出来，再朝草太跑去。可脚下一滑，我整个人都摔倒在泥中，但我立刻爬起来，用左手按住了铝门的边缘，身体像完全压在了草太身上一样。

"铃芽，你——"草太用椅子的坐面抵着门的边缘，仰望着我怒吼道，"不怕死吗?!"

"不怕！"

草太倒吸了一口凉气。不过，我真的不怕死，很久之前我就不觉得死亡可怕了。我用左手推着铝门，门那边传来可怕的震动，像有个不讲道理的人在对面蛮横地往回推，把门晃得叫人难受。我的右手贴着地面，紧紧握着那把沾满泥巴的钥匙。

"钥匙——"草太用力推着门，"浊流喷出来时，钥匙被冲走了，我的手够不着——幸好你来了！"

他叉开三条腿，而我左手用尽全力，正一点一点地把门推上。蚓蜒的喷射慢慢变弱了。还差一点，就差一点啦！我一边拼命推门，一边朝上方的蚓蜒望去。

"啊！"

蚓蜒变成赤铜色的花朵，在空中怒放了。我看向操场，地面上生出了无数条金色的线，正伸向蚓蜒，这是它在吸收地气。它在空中变成了一朵巨大的花，将地气的重量充分吸入体内后，开始缓缓倒向地面。

"铃芽，你用钥匙把门锁上！"

草太在我身下叫道。

"啊?!"

"没时间了。你闭上眼睛，想想曾经生活在这里的人！"

"啊啊?!"

"这样做，门上就会出现一个锁孔！"

"可就算你这么说——"

我看着草太，他正死死盯着那扇门，急切地说：

"拜托了！我现在什么也做不了——什么也没做成，我这种样子……拜托了，你闭上眼睛吧！"

他声音沉重，我不由得立刻闭上了眼睛。可是，我要做什么？想想曾经在这里生活的人？但是该怎么想呢——

"这里原有的景色，曾经生活过的人们，还有他们的情感，你就想这些，听他们的声音！"

这里原有的景色，我在心里描绘着——被大山包围的学校，闪耀在阳光下的操场。玄关两侧和我所在的高中一样，各有一排专供喝水的水龙头，如今被泥沙掩埋着，原来应该有很多学生穿着运动服在这里喝水吧，中间肯定有千果那张开朗的笑脸。水龙头流出的水清凉甘甜，她笑着对朋友说"可以防紫外线哦"。早晨上学时，大家互相问候着"早上好"，一阵一阵的"早上好"响起，应该很热闹吧！考试时无精打采，谈老师的八卦，打算向喜欢的人表白……能看到颜色了，不同年级的学生穿着不同颜色的运动服。白色的水手服反射着早晨的阳光，缩到膝盖上的深蓝色裙子，一直敞到第二粒纽扣的衬衫很吸引人眼球，还有偷偷染了颜色的头发……

"惶恐呼尊名，日不见之神！"

草太轻轻哼唱着什么，如歌曲一般宛转悠扬。

"古之祖先产土神，御赐山河长久远，不胜惶恐，不胜惶恐，恭敬万分——"

握在右手的钥匙开始有了温度，并闪出蓝色的光芒。那束蓝光从钥匙上升起，凝聚到了铝门上，而就在我推着门边的左手的旁边，出现了一个由光形成的锁孔。

"就是现在！"

草太喊道。我仿佛被他的声音催促着，即刻将钥匙插进了光中。

"就此奉还！"

随着草太那声呼喊，我条件反射似的扭动了插进锁孔的钥匙。"咔嚓"，我感觉有什么东西被锁上了，镶在铝门上的玻璃顿时全部碎裂，砸向我们的后背。头顶上方的蚯蚓裂得四处飞散，响起了极度膨胀的泡泡破碎时的声音。

气压一下降低了，就像浓重的雨云被一齐吹散了似的。片刻过后，反射着各种耀眼光线的大雨，如同淋浴喷头里的水一般倾泻而下，浇在了这片废墟上。

"呼、呼、呼……"

我坐在泥泞中，一边调整呼吸，一边望向天空。不知何时，群星已经在天空闪烁。回过神来，才发现夜虫在合唱，周遭弥漫着夏草的芬芳。学校的玄关无声无息地变回了原来的废墟模样。

"呼"，草太在一旁吁了口气。

"嗯？"

"哈哈……哈哈哈哈！"

草太像是在开心大笑，然后"咯噔"一下将身体朝向了我。

"干得好，铃芽。是你阻止了地震！"

"咦？"

我阻止了地震？

"真的？"

热潮般的激动一下从心底涌上来，我也开心地笑了。

"像做梦一样！太好了，做到了，终于成功了！"

草太也在笑。他浑身是泥，我的衣服也沾满了泥，脸上肯定也是。那仿佛是某种证明，尽管是这副模样，我们也特别自豪、特别高兴。

"对吧，我们很厉害吧？"

我将脸凑近草太，兴奋地大叫。我在椅背的那两处凹槽，也就是那双眼睛中，看到了草太的表情。那里有他温和的笑脸，他肯定也是这么想的。

"铃芽，你好棒。"

"啊？"

旁边传来小孩的声音，我下意识地朝声音的方向望去。在稍远处的黑暗操场上，好像有一只身影模糊的小小白猫。它用黄色的圆眼眸盯着我，慢悠悠地摇着长长的尾巴，开口说话了：

"后门，还会再开哟！"

"是要石！"

草太迅速冲了出去，可大臣的影子瞬间消失在了黑暗里。

"难道是它把门打开的？"

我喘着气，忍不住喃喃自语。这时，草太正凝视着白猫消失的方向，一动也不动。

因为你，我成了魔法师

"你在爱媛？"

电话里，传来了环姨惊愕的声音。

"等——等一等，铃芽，你怎么！"

环姨的语气像是无法相信。她声音里还混杂着其他人讲电话的声音，以及低沉的谈话声。晚上快九点了，环姨还在渔协的办公室里。

"你昨天说是住在绚家，对吧？"

"嗯，突然想来个小小的旅行嘛……"

我尽量说得轻松些，还"嘿嘿"笑了起来，结果环姨严肃地说：

"亏你还笑得出？"

我能猜到她现在的表情。以前，因为我要进行社会科的参观学习，曾去过渔业协会那栋昭和感十足的旧楼。她现在应该是坐在灰色桌子前，一只手拿手机，另一只手抱头，眉头紧锁。

"你明天会乖乖回来吧？今晚住哪里？"

"啊，别担心！我有自己的存款，找得到地方住。"

"少跟我嘻嘻哈哈！"

电话那头传来一个很小的声音：

"稔，去喝酒了！"

又听到稔叔的声音：

"你们先去吧！我去喊上阿环。"

我也想象得到，渔协的那些男人远远望着对手机发火的环姨，嘴里说着什么"铃芽现在正是叛逆期"，摆出一副事不关己的看热闹架势。

"总之，你得告诉我今天住哪儿。是酒店？还是旅馆？你真的是一个人去的吗？不会是跟我不认识的人一起去的吧？"

"嘀"，我下意识地挂断了电话——我还可以猜得到，环姨正对着桌上那张我小时候的照片重重地叹气，我也夸张地叹了口气。不，不行，如果就这么不理环姨，她很可能会报警。昨天出门时，我怎么没跟她好好解释一下呢？让今天的自己这么被动的到底是谁呢？啊，原来是昨天的自己啊。算了算了，维持监护人的心理健康是小孩的义务，我一边这么劝自己，一边在LINE[①]上给她发信息。

"我刚刚挂了电话，对不起哦！"发送。

"我很好！"发送。

"很快就回去了！"发送。

"不用担心的！"发送。

接着，我又发了一个可爱的道歉表情：一只不住点头行礼的猫。

信息一发出去，就立即看到被标上了五个"已读"。也太快了吧！唉，我浑身乏力地叹了一口气。

---

① **日本的通信软件。**

"咚咚",身旁的门毫无征兆地被敲响了。

"来了!"我下意识地挺直腰,拉开了那扇薄薄的木门。

"我把你的晚饭拿来了!"

原来是千果,她一身女招待员的打扮,微笑着递过来一个托盘,上面摆着饭菜。

我抱着儿童椅子,浑身是泥地出现在了村庄的出口处。看到我后,千果只是简单地问我有没有住的地方,我老实地说正在找。

"你好幸运,"千果笑着说,"我家刚好是经营民宿的,今晚就住我家吧!真是命运的安排,对吧,铃芽!"

我的校服很脏,千果却丝毫没有嫌弃的意思,还让我再抱紧她一点。我坐在小摩托上,看着千果的后颈,想到她一个人在那么黑的地方一直等着我,心里该有多害怕呀!我只能反复地对她说对不起。而且,千果还帮我实现了今晚泡澡的愿望。在民宿的宽敞浴场里冲洗掉满身的泥巴和汗水,再将身体泡在满满的温水中,果然浑身上下都在刺痛。这究竟是晒伤还是擦伤,我已经区分不出了。我在浴室的一角洗干净了校服。千果借给了我一件浅粉色浴衣,甚至帮我把房间都准备好了,而且还亲自把晚餐送了过来。

"哇——谢谢!"

我的眼眶湿润了。与此同时,我发现自己饿得胃都疼了。

"铃芽,我可以在这里和你一起吃吗?"

"啊，当然可以！"我太高兴了，但我想到一件事，"不过，抱歉！你稍等我一下，好吗？"

我关上房门，一步跨过放着一张小洗脸台的小前厅，拉开了卧室的拉门。草太孤零零地立在榻榻米上，抬头望着我。

"怎么办？"

"你们两个人一起吃吧。"草太温柔地说，声音里充满了笑意，"我这个身体，好像肚子不会饿。"

他一边说，一边走到八张榻榻米左右大小的房间的一角，面对墙壁站住了。

"没事的，你不用在意。"

听他笑着这么说，我就放心了，随即将千果叫进了房间。

盘子里的鱼大得都快要装不下了，似乎叫盐烤太刀鱼。用筷子一戳，鱼皮就"啪"地裂开，发出了清脆的声响，肥嫩的鱼肉立刻冒出了热气。我夹了一大块放在碗里，同米饭一起扒入了口中。

"好好吃啊！"

我不禁叫出了声。真是太好吃了！一种清爽的鲜美滋味在嘴里扩散开来，我感觉自己身体的每一处都在欣喜。我来不及去想其他任何事情，一股热潮再次涌上眼眶。

"啊，铃芽，你不是在哭吧?!"

"这也太好吃了吧！"

千果被我逗笑了。我俩面对面坐着吃饭，托盘紧挨着。

"你是不是太饿了？"她有点吃惊地说，"今天突然多了很多客人，饭端来得晚了，对不起哦！"

"啊?!不不不，你可别这么说！"没想到千果会如此客气，我也不由得客气起来，"是我才对不住呢。你不仅留我住，还让我泡澡，借浴衣给我，连饭都帮我拿过来了……"

"别客气呀！我们家平时就是这样的！"

千果说自家的民宿是家庭式经营，平时偶尔会有帮手，但基本是父母、千果和她读小学的弟弟一家四口在支撑。像今天客人多的日子，她也会穿上女招待员的衣服接待客人。晚上十点前的这个时间，客人们已经吃完晚餐，她总算可以休息一会儿了。

刺身是小鰤鱼做的，配菜是煮芋头汤。配料丰富的白色酱汤，味道超级鲜美，和以前喝的完全不同。我激动地告诉千果，自己是第一次喝这个味道的酱汤，她笑着回答"这酱汤是用麦味噌做的"。直到这一刻，我才切身体会到自己来到了不同的土地上。

放在一旁的手机响了，我拿过来看看是谁发来的信息后，不由得"啊"了一声。

"谁？"

"是我的姨妈。对不起啊，我先看一下。"

打开信息一看，惨了，环姨发来的文字充满了整个屏幕。

"铃芽，虽然不想让你觉得我爱唠叨，但我认真考虑之后，还

是希望你能明白一些道理,才发了这个信息。请你一定读到最后!首先希望你明白的是,你还是个孩子,还未成年。我认为你是个踏实的孩子,但无论是在经济上还是在身体上,你都只是个十七岁的孩子。尽管你有很多想法,可你还未成年,而我是你的监护人——"

"叮咚",又发来一条。

"呜哇!"

"还有,我并不是在生气,只是心里有些乱,特别担心你。你为什么莫名其妙地突然去旅行了?为什么去了爱媛?你一次也没说过要去那里呀。以我对你的了解,不应该——"

"唉——"

我把手机倒扣在榻榻米上,似乎想要阻止信息的进入。明天再看吧!

"唉,她就不能赶紧谈个男朋友吗?"我忍不住发了句牢骚。

"啊,你的姨妈还是单身?多少岁了?"

"四十岁左右吧——"我记得是上上个月才举行的生日会,我每年一唱生日歌,她肯定会哭,"她长得很漂亮,嗯,特别漂亮!"

我想起了爱哭的环姨,还有她那又长又美的睫毛。我用筷子夹起一块芋头,放进了碗里。

"我家就我俩生活。姨妈是我的监护人。"我说着,把饭和芋头一同扒入了口中。

"哦,感觉情况有点复杂?"

"嗯！"我咽了一口芋头汤，"不过，我最近在想，是不是我把她最好的年华给耽搁了？"

"啊？"千果吃吃地笑了，"这是前男友的台词哦！"

"真的啊！"

没错，被千果这么一说，我才发现的确如此。我的心情顿时轻松了起来，也笑着说：

"她盼着我赶紧自立呢！"

"确实！"

啊，完了，全被草太听到了——吃完橘子果冻这道餐后甜点时，我才意识到这点，汗一下子冒了出来。

晚饭后，我和千果一起去了厨房，感谢她的家人肯留我住下。她的父母也笑着给出了相似的回复，说"我家就是开民宿的呀"。我帮千果洗了好多碗筷，还拿清扫刷用力刷了浴场。

"铃芽，你和男孩子交往过吗？"

干活时，千果问我。我老实交代一次也没有。

"那就好，那就好！"千果笑着发牢骚，"男人啊，就没几个好东西！"

千果说她有一个刚刚开始交往的男朋友，他明明连LINE的信息都不及时回，却还老吃醋，动不动就说想去只有他们两个人的地方，实际上这一带到处都没人，所以真不知该拿他怎么办好。她就这么愉快地说着自己的烦恼。干完活，我们一起喝着她妈妈送进来的冰香草茶，又聊了很多。等我和千果并排躺在铺好的两张褥子上时，已经接近深夜两点了。

"今天多亏了铃芽，我去了那里。好久没去了。"

千果突然叹息着说道。

"嗯？"

"我读的初中，以前就在那里。"

她在说那间成了废墟的学校，让我的心"咯噔"一下。她继续平静地说道：

"几年前，由于泥石流，整个村庄都废弃了。"

我没有回答。

"我说啊，铃芽，"她轻轻叫了我一声，不过听起来像是下了很大决心似的，"你浑身都是泥，在那里干什么了？你一直拿着的那把椅子，是干什么用的？"

一直盯着天花板的千果，这时看向了我。

"你究竟是做什么的？"

"啊……"

房间里，电灯已经熄了。放在枕边的纸罩行灯里透出微弱的光线，将千果的大眼睛映成了黄色。在我后面的墙边，草太继续扮成儿童椅子，一动不动地立着。我知道他就在我背后，于是开始想该怎么回答千果。

"那把椅子……是妈妈留给我的纪念物。可现在……"

该怎么说呢？能说些什么呢？虽说我不想撒谎……

"抱歉啊，我也说不清楚。"

我想了又想，还是什么也没说出来。千果沉默地看着我，她的表情突然变得轻松起来，长长地吁了一口气。

"铃芽，你不会是魔法师吧？有特别多秘密。"

她开玩笑似的说，随即就脸朝上躺着了。她闭上眼睛，温和地说：

"不过，不知道为什么，我觉得你在做一件重要的事！"

我突然想哭了，激动地从褥子上坐了起来。

"千果，谢谢你！嗯，我肯定是在做一件重要的事！我也这么觉得！"

其实，我也是在对立在后面墙旁边的草太说：你在做一件重要的事，默默无闻地在和一个谁都看不到的东西战斗。我的脑海浮现出那个为关上废墟的门而孤军奋战的身影，明明只是在一天前，我却感觉似乎是很久之前的事了。那之后，我渡海而来，因为你而被误以为是魔法师，不过也因为你，我可以做一件那么重要的事。

"什么呀！你在自卖自夸呢！"千果笑着说我。今天相遇之后，我俩一直都是这么说说笑笑的，这会儿又一起笑了起来。

第三日

渡过海峡

"还真是有怎么都叫不醒的人啊……"

我用千果的梳子梳着睡得乱七八糟的头发，叹着气发了句牢骚。

"啊，谁？男朋友？"

"都说没男朋友啦！这是通常情况。"

真羡慕千果那清爽的短发，可我记得小时候妈妈夸我头发漂亮，这让我怎么都下不了决心剪成短发。

"那种时候啊——"千果正在一旁刷牙，她漱了漱口，得意地说，"吻他一下，他就醒了！"无论谈什么，她都能绕回到自己的恋情上。这一点，不光让我惊讶，更令我佩服啊。

千果说她得赶紧准备去学校，要冲个澡，就喊我先去吃饭。于是，我在餐厅又吃了一顿豪华的早餐。和千果的弟弟在一起吃饭时，他突然惊讶地叫了起来：

"啊，快看快看！这家伙好厉害啊！"

听他这么一说，我马上朝正在播放早间新闻的电视机望去。看到电视画面，我倒吸一口凉气，含在嘴里的食物也一下吞进了喉咙。画面上是一座巨大的白色吊桥，还打出了"明石海峡大桥上有只猫"的字幕。接着，镜头拉近了，只见一只白色小猫正轻快地行走在吊桥的粗缆绳上。新闻播报员似乎觉得这是条轻松又愉快的新闻，兴奋地说：

"这只小猫不知是从哪里进来的，正大摇大摆地走在吊桥上！它被行车记录仪偶然拍到，在社交软件上成了热门话题！"

"草太，醒醒啊！大臣它……"

我跑回房间，拿起儿童椅子上下摇晃。

"你快醒醒吧！该起床了！"

跟昨天一样，我今天也喊了他好多次，可只能感觉到他的体温和轻微的呼吸声，却怎么都叫不醒。我继续摇，来回转，又拍打，然后放在榻榻米上松开手。结果，椅子就像一个无机物，"咔嗒"一声倒在了地上。他还是不醒。

"真没办法！"

吻他一下，他就醒了——千果得意的声音在我脑子里重播了。

要不，我也——我突然这么想。

或许千果也不是在说自己的恋情，可能真是什么窍门呢。只是我比较无知，不知道这是一个把人从沉睡中唤醒的实用小技巧。我用双手抓住椅子的坐面，对着草太的脸——把椅背当成脸——将嘴唇靠了上去。我一边接近椅背，一边想这可是我第一次……慢慢闭上了眼睛。我的初吻啊——

"话说回来，他就没有嘴啊！"

我猛地睁开眼睛，自言自语道。不对，这不可能是窍门……

"铃芽？"

草太突然说话了。我移开脸，草太也"咯噔、咯噔"地往后退了两步。

"早上好！你怎么啦？"

好明快的声音，可我仿佛被猛烈的热浪吹过一般，脸颊滚烫。

"没什么！"我胡乱抓过手机，"你看这个，是大臣哟！它究竟想干什么啊？"

睡了好久懒觉的儿童椅子，一动不动地盯着那只在吊桥上轻松迈步的猫。一大早的，怎么会是这么个情况！而草太冷静地说"喜怒无常是神明的本性啊"，好似在安抚憋了一肚子气的我。

"神明？"

"过了明石海峡大桥就到神户了。我们也快点……"

"铃芽，咱们出门吧？"门被敲响了，外面传来千果的声音，"已经换好衣服了吗？"

"嗯，比我穿着还合适呢！"

千果一边说，一边上下打量我，就像刚见面时那样。

我穿了条浅驼色短裤，上半身是件白色T恤，外加一件稍大的牛仔夹克。儿童椅子同洗好的衣服，正好一起塞进了大大的跨肩运动包里。另外，我那睡得乱七八糟的头发，今天被编成了一条麻花辫，从一侧的肩膀垂到胸前。

"嗯，"千果满意地点了点头，"穿着校服，又只抱个椅子，还是挺显眼的。衣服和包都送你了。"

"千果……"她无时无刻自然流露的善意，让我鼻子一酸，"我该怎么谢你呢……"

"好啦好啦，那就下次再来看我吧！"

在民宿的玄关口，穿着水手服的千果一边说，一边拥抱了我。

"嗯，我肯定会再来的！"

我吸溜着鼻涕，用力回抱了已经彻底成为好友的她。与她分开，大概步行了近一小时后，胸前突然飘来一股沁人心脾的橘子味。啊，这是千果身上的气味！我顿时感觉好难过。

* * *

"不能坐巴士去吗？"草太望着天空，一筹莫展地说。

"六个小时后才有下一班车。"我看着贴在墙上的那张褪色时刻表，回答他。

突然传来好大的水声。往上一看，原来是白铁皮房顶上的一堆树枝被冲了下来。周遭弥漫着浓烈的雨水气味，我俩从微暗的巴士站里望着外面的大雨，感觉有些绝望。

和千果分别后，我们就下了山，然后来到了汽车通行的大路上。

因为用手机搜索后发现离电车站很远，去目的地神户的最短路线也必须得坐车，我们就决定先试着搭一下顺风车。站在红色石蒜花簇生的田边路上，我战战兢兢地冲开过来的汽车竖起了拇指。

"铃芽，你得更加勇敢一些，比如使劲挥挥手。"

我被五辆车无视后，草太在包里提醒我。

"如果是一把椅子这么做，汽车司机应该会惊讶地停下车吧？"

我俩毫无意义地争论着。不过，就算有车肯为我这个无论怎么看都是十几岁的小姑娘停下来，那我可能也不敢坐上去。就在我这么思考时，天空突然闪了几下，大雨顿时倾泻而下，我们赶紧跑进了附近的巴士站。

"铃芽。"

雨蛙在合唱，声音听上去仿佛饱含着对雨水的欣喜。我坐在巴士站的长椅上这么想着，不知不觉昏昏欲睡。草太轻轻地叫了我一声，好像怕惊扰了雨声一般。

"怎么啦？"

"这把椅子，是你母亲留给你的纪念物吗？"

"啊……嗯。"

汽车在濡湿的道路上行驶的声音比平时弛缓了许多，同蛙鸣声交织在了一起。巴士站外边的县道上不时有汽车经过，但几乎无人走过。

"为什么只有三条腿呢?"

"啊……那还是我小时候的事情,不太记得了——"

我忽然觉得,寻找遥远记忆的感觉,就好像待在某个人的梦里。世界偶尔会被不同的规则左右,难以顺利前行。

"以前,我还在上托儿所的时候,这把椅子曾丢失过……四处寻找之后,我记得找到时就已经缺了一条腿。"

"这样啊——"

这时,一辆车突然经过,几乎遮住了草太的声音。不一会儿,传来奇怪的声音,刚刚驶过的汽车好像正沿着相同的车道往后倒。我慌忙抱起准备探身往外看的儿童椅子,随即看到一辆蓝色的厢式旅行车在往后倒,然后打着双闪灯停在了我们面前。车窗映着下雨的天空,伴着小小的声音降了下来。

"你要去哪里?"驾驶位上的人问我,她是一位有板栗色自然卷长发、戴着浅色太阳镜的女士,"你就算坐在那儿等,巴士也不会来的。"

每一个家庭的车里,都会有那家特有的气味。在自称瑠美的那个人的车里,飘荡着一种时尚成熟女子身上特有的香水味儿,还混合着烤蛋糕那令人倍感亲切的淡淡甜味。我仿佛冒冒失失地误入了陌生人家里,有些惶恐不安。我一会儿望望微微闪光的雨中风景,一会儿看看前车窗上滑落的雨滴,又偷偷瞧一下放在方向盘上的白皙手指,又将视线移回前车窗上的雨滴。

"看到你坐在那个早就废弃的巴士站里,我觉得很奇怪。"女子说道,"而且,你还是一个人出门旅行。你是去神户市内,对吧?"

"啊,是的!"好紧张,我的声音都发抖了。

"小铃芽,也太巧了吧?"

"是的!"

"我刚好带小家伙们回松山看外婆回来——"

说着,她朝装在后视镜一侧的婴儿镜里瞟了一眼。镜子里可以看到后排座位上放着两张儿童安全座椅,每张座椅里都放着一个小孩,年龄和长相一模一样,此刻都睡得正香。

"双胞胎。四岁。叫小花和小空。"

"哇……双胞胎啊?"

"很调皮,天天打架。"她笑着说道,"我刚好也回神户,你运气真好啊!"

"是啊,您真是帮大忙了!"

我深深地低头致谢,她听完笑出了声。

"别那么紧张,放松点。我又不会吃了你。"

看着薄镜片后那双充满柔情的眼睛,我轻轻吁了口气,放下了心中的不安。再次窥一眼驾驶位上的她:从宽松的芥末色喇叭袖里露出的肌肤白皙细嫩;身体柔软丰润;脖子和手腕上都戴着细细的金色饰品,与她白皙的皮肤和丰润的身体特别相称。真是个妩媚的女人啊，但比环姨还是逊色了一点吧！我不由得在心里暗想。尽管瑠美小姐也美艳动人，却让人感觉稳重可靠——就在这时，从后座传来"吱"的一声，我不禁转头看去。

放在两张儿童安全座椅之间的包（其实瑠美小姐说过，让我放在后面），拉链正在被不知何时睡醒的双胞胎徐徐打开。等彻底打开后，椅子的脸毫无防备地露了出来。

"妈妈，这是什么？"

"好像有什么东西！"

这对双胞胎从两边"啪嗒、啪嗒"地拍着草太的脸，大声说道。我在心里默默哀号，而草太只能任由他俩拍打，不停地左右摇晃。

"喂！"瑠美小姐瞪着婴儿镜怒吼，"不——要——碰——姐姐的行李！"

"是！"两人条件反射似的立刻答道。

"对不起啊。"瑠美小姐向我道歉。

"没事，没事。"我勉强挤出了一个笑脸。转头一看，这对双胞胎的脸差不多贴到了椅子上，正在极近距离盯着草太。哇呀！

"哎呀，这俩孩子，怎么盯着看啊？"

"嗯，对呀，就是个儿童椅子而已……"

"哦，是吗……"瑠美小姐看了看我，又看看镜子，"是哦，一直盯着看……"

果不其然，这对双胞胎很快又开始摆弄起椅子来。忍住呀，草太！我无奈地望着他俩，在心里默默声援着草太。

　　汽车在山间的高速公路上飞速行驶，穿过了几条隧道和几座桥。天空时暗时亮，一会儿是毛毛细雨，一会儿又倾盆如注。不知何时，双胞胎又睡着了。我反复查看了社交软件，没人上传大臣之后的足迹照片。汽车在穿过一片碧绿色之后，就看到了远处吊桥形状的大鸣门桥。海面笼罩着白色云雾，汽车在仿佛架在空中的大桥上滑行般行进。淡路岛到了，汽车再度于群山与隧道中穿行。云间射下几道光束，周围的绿色也跟着闪出光亮。终于，汽车接近了今早在电视上看到的那座巨型大桥——明石海峡大桥。桥上的巨大尖塔迎着阳光闪闪发亮，一时间，我竟看呆了。大海也沐浴在阳光中，好似看不到边际的蓝色绒毯。

　　我打开地图，发现已经过了四国，神户市近在眼前。我点选从昨天到现在的移动记录，手机地图显示出日本列岛三分之一的面积，从家里出来已经走了五百八十八公里。离家越来越远，无依无靠的不安，以及独自一人竟然走了这么远而生的兴奋，这两种感觉交织在了一起，我的心跳不禁加快了。宛如游戏的场景被切换了一般，桥对面突然出现了一大片土地，上面覆盖着密密麻麻的建筑物。

　　"小心，这个别洒了！"

　　在市内的"得来速"餐厅买了汉堡包后，我们决定把车停在停车场，直接在车里吃这顿迟到的午餐。

"喂，你俩，不要把椅子弄脏了！"

"知道啦！""明白。"

对于瑠美小姐的训斥，坐在后座的双胞胎随时能应对如流。我在副驾驶位上一边嚼汉堡包，一边担心地看他们的举动。草太已经彻底沦为他们的小餐桌，不用说，儿童椅子上陆续出现了面包渣以及沾着蛋黄酱的生菜，还有油腻的炸薯条。双胞胎的姐姐将装满橙汁的纸杯随手丢到了椅子上。啊！要倒了！我差点叫出声来，可就在那一瞬间，儿童椅子"咯噔"动了一下，稳住了平衡，好好地接住了那个纸杯，橙汁一滴没洒。

"你——"

我不由自主地在心中叫道：你在搞什么啊，草太？

这对双胞胎诧异地盯着椅子。接下来轮到弟弟了，他也学着姐姐将装满橙汁的纸杯往椅子上丢去。只见椅子跳跃似的动了一下，杯子仿佛被轻轻弹起一般，在空中画了个半圆，稳稳地落在了椅子上面。双胞胎越发惊讶地盯着椅子，而草太于此刻泰然自若地一动不动。我却心想：哇呀，你还敢玩得那么起劲！

"那个，看到没？"

瑠美小姐在旁边的驾驶位上，突然说道。

"咦？"

"从这里可以看到的，那个游乐园。"

"游乐园吗？"

"嗯，那座山里头的。"

顺着她的视线望去，可以看到高楼和电线对面的山上，有一个摩天轮的影子。那个小小的曲线，我总感觉与繁华又时髦的神户街区非常相称。

"那里刚开园时，真的好热闹啊。我小时候经常被带去那里玩。"

瑠美小姐咬了一口汉堡包，眯起眼睛说道。

"后来客人越来越少，大概十年前就关门了。说是没钱拆除，至今还废弃在那里。从城市的很多地方都可以看到，每次看到都有些郁闷。"

说完，瑠美小姐喝了口纸杯里的可乐，又喃喃自语般小声咕哝了一句"最近这种空寂的场所越来越多了"。

"空寂的场所"，我在嘴里重复着这个词组，突然想到，在这六百公里的行程中，我目睹的不也是这种场所吗？

手机响了。完了，是环姨！我下意识地这么想，可并非如此，原来是瑠美小姐的手机在响。她拨弄着固定在方向盘一侧的手机，为难地说："啊，真麻烦啊！"

"怎么了？"

"我打算托管小孩的托儿所，好像有人发烧了，所以今天休息——喂！"

瑠美小姐突然对着婴儿镜大声吼道。

"哇！"

这对双胞胎像堆叠叠乐似的，正往草太身上堆着东西，有汉堡包的空盒子、纸杯，还有装薯条的袋子。听到母亲的怒吼，两个人慌忙坐好。真没办法——瑠美小姐叹着气，又看回了手机。

"我是自己开店的，得找个人帮我看着这俩孩子才行——啊！"

瑠美小姐像是灵机一动，转头看向我。

"咦？啊！"

我指着自己，大声喊道。

四个人的回忆

"嗯……哎呀，那么，我们玩什么呢？"

"做饭！"

"做咖喱！"

双胞胎——姐姐小花和弟弟小空，他们不等我说完就抢着回答。我觉得，他们很清楚哪些好玩，要一个接一个地玩下去。瑠美小姐的家在老商店街的一角，我们三人在二楼的儿童房里，她则在楼下的店里做开门营业的准备。双胞胎很熟练地将塑料蔬菜摆上了桌子，手里握着塑料菜刀。

"好了，"小花说，"开始！"

"啪啪啪啪"，两人开始用力地切起了蔬菜。玩具蔬菜的切面都贴着魔术贴，菜刀切下去时蔬菜就被弹飞出去，不停砸向我的脸。哇呀——我只能拼命护着脸。

"好了，咖喱做好啦！"小空说。

"开吃啦！"两人同时朝塑料蔬菜咬上去。

"哇啊啊——不能吃啊！"我拼命阻止。

"这次玩这个吧！"小花像是宣告了上一个游戏的结束，立刻递给我一盒抽纸。

"咦？"

"谁先抽完谁就赢！预备——"

"开始！"

这对双胞胎开始从各自的纸盒里抽纸。如同从巨大的玩具花炮中爆出的纸片一般，白色纸巾在房间里漫天飞舞。

"哇啊！不、不可以哦！"我拼命阻止。

我捡起散落在整个房间里的干净纸巾，想着还是放回盒子里吧，于是一张一张地叠了起来。这时，小花拍了拍我的背。

"姐姐，你来做富士山吧！"

"嗯？"

接下来，我被迫站在了房间的正中央。

"好了，"小空说，"开始！"

我预感不妙，只见两人向我扑来，把我的身体当成山来攀登了。小花蹬着我的腰，见小空扒着我的右肩膀，小花又不服输似的将脚搭在了我的左肩上，最后两人同时抓住了我的头。哇呀——我双脚叉开拼命站稳，他们则自豪地站上了我的双肩。

"呼哧、呼哧、呼哧……"

我大口喘着粗气，手脚绵软，瘫在了地板上。可这对双胞胎嘴里喊着"你等等，你等等"，开始你追我赶，没完没了地围着我转起圈来。

"我可能带不了小孩吧……"

我不禁说出了声，接着其中一人就把我的背当成跳箱，跳了过去，而另一个追上来的孩子索性把我当成跳台，直接踩了上去。

"真是没办法！"

头上突然传来一个声音。我惊奇地朝上看，只见放在桌子上的运动包在一点一点地移动。随后，"咯噔"一声，儿童椅子跳到了地板上。

"啊！"

双胞胎同时站住了，一动不动地盯着直立在地板上的儿童椅子，眼睛瞪得圆溜溜的。

"啊！喂，草——"

喂，草太，你打算干什么?!我惊讶得连话都说不完整，可草太缓缓地走了起来。

"看……看啊！很厉害吧！很棒的玩具，对吧?!"

我破罐子破摔似的喊着。草太在小花面前停下了，他仿佛童话故事里出现的忠实白马一样，无声地弯下腿，将坐面斜对着小花。小花就像被吸上去了一样，坐到了椅子上，椅子则夸张地抬起前腿，载着小花走了起来。一瞬间后，两个孩子同时欢呼起来。

"下一个，下一个到我啦！"

小空追着小花喊道。儿童椅子轮流载着这对双胞胎，在房间里来回走着。两人不停欢呼，仿佛没有比这更快乐的事了。可能草太喜欢小孩吧，我如此想着，同时望向踏着节拍前行的草太，心情也随之欢快起来。

"喂，草太，接下来载我一下吧！"

"你不行！"

"你说话了！"

完了——我俩都沉默了。小花战战兢兢地从停住的椅子上下来了。糟了！我开始拼命找话说。

"啊，你看，很厉害吧！这是搭载最新人工智能技术的椅子型机器……人?!"

不对，是不是有点勉强啊？编谎话到最后，我都不敢出声了。

"它叫什么名字呢？"

小花瞪着大眼睛问我。

"嗯？啊，叫草太……"

"草太！哇！"

两个孩子像是知道"人工智能"这个词，慢慢爬着靠近了儿童椅子。

"草太，明天是什么天气？"

"草太，放个音乐吧？"

"草太，来玩词语接龙游戏吧？"

"草太，今天的股价是？"

嘿，Siri——他俩好像把草太当作苹果手机里的语音助手，争先恐后地提问。我赶紧说：

"我说啊，草太没那么聪明哦！"

"铃芽，你说什么呢？"草太极力争辩。

"又说话了！"双胞胎大声喊道。

回过神来，我才发现儿童房外的天已经完全黑了。看着草太跟这对双胞胎在房间里滚来滚去的样子，我在想，再过几年，等这两个孩子长大后，会怎样回忆今天发生的事情呢？等他们长到我这个年纪时，又会如何记起今天的事情呢？可能会觉得是童年时期常有的幻想，或者会认为是至今也无法解释的奇妙现象吧。幼年时的记忆，不知何时就会化作模糊的梦境，但无论是怎样的形式——我觉得，今天的事情对两个孩子来说，能成为**四人一起玩的回忆**就够了。

❖　　❖　　❖

不久后我才知道，在我帮瑠美小姐看着两个小孩的时候，环姨决定要追我到神户来（最终去了东京）。

"难道是离家出走？"

那天，在从分管的渔民家回渔协办公室的车上，驾驶位上的稔叔如此喃喃自语。他斜着脸瞥了一眼那两天都无精打采的环姨，像是鼓励环姨似的，语气轻松地说：

"不过，我记得我小时候也这样。到了这个年纪，不就会觉得待在村子里和父母身边太憋屈吗？然后——"

"你是你，她是她，能别混在一起吗？"

环姨冷冷地打断了稔叔的话。至于稔叔，只好用那张长着一圈胡子的脸赔笑，道歉般轻声说"是呢，是呢"。他真是可怜，到现在也没搞清楚该怎么对付环姨。在谈到跟我相处的问题上，浑身都是"雷点"的环姨大声叹气，说发到我LINE上的信息，不管过多久都是"未读"状态。她说话的语气，若说是自言自语，声音就太大，若说是发牢骚，又感觉在态度上对听她说话的人不够体谅。

"那孩子打算去哪里？有什么不满意的？不管问她几遍，她都会东拉西扯……连今晚住哪里也不告诉我。"

"那么，手机的定位系统呢？"

"什么？"

"嗯，就是那种年轻情侣经常用的，可以知道彼此在哪里的软件之类的东西。"

"她的手机上装着这种东西？"

"这个啊——"稔叔开始了种种思考，他对环姨的好感，环姨之外的人都察觉了，"啊，你能看到她的银行账户吗？就是她的手机支付捆绑的账户……现在，她是用手机付款买东西吧？"

稔叔把车子开进港口边上的停车场，拉好手刹后，问不停摆弄手机的环姨：

"怎么样？"

"她去了神户。"

环姨盯着闪白光的手机屏幕说。那里显示着我这三天里的消费记录：坐渡轮的票，自动售货机上买的点心，在爱媛几个车站里买的票，以及神户市内买的汉堡包。就是因为稔叔多嘴，我的行程全部曝光了。

"神户！那真是好远啊……"

"不能再让她一个人乱跑了。"

环姨下决心似的喃喃自语。看着环姨被港口路灯的苍白灯光勾勒出的美丽侧颜，稔叔仿佛鼓足勇气表白般说道（尽管说了也白说）：

"嗯、那个、阿环，有什么需要我做的——"

"阿稔。"

"在！"

"我打算明天请假。现在这么忙，真不好意思，工作方面，你能帮我跟进两三天吗？"

"咦？那我也一起请假吧……"

"为什么？"环姨总算把视线从手机上移开，瞅着稔叔，"那就没意义了，你还是上班吧！"

"也是啊……"稔叔可怜兮兮地说。

在我看来，此时的稔叔明明白忙活一场，却还碍了我的事，简直是个窝囊大叔（被大美人一瞅，自己就吓得瑟瑟发抖，他曾开心地这么说，真有点烦人呢）。不过，不管什么时候，他都希望环姨能够幸福。在这一点上，他的确是我想支持的人。

❖　❖　❖

"小铃芽，可以来一下吗？"

听到瑠美小姐大声叫我，我就下了楼，她正在后厨的小厨房里等我。她身穿大红色裙子，头发挽了起来，露出了后颈，雪白的肌肤上化着漂亮的妆，睫毛向上翘着，嘴唇涂着光润的浓色唇膏。

"哇，瑠美小姐，你好漂亮！"

我看得入迷，不禁开口称赞。

"哈哈，就像换了个人吧？"瑠美小姐也开心地说，同时用手指着楼上，"小家伙们没事吧？"

"嗯，玩得太累了，现在睡得正香呢！"

他俩从两侧紧紧抓着草太，在儿童房里呼呼大睡。

"小铃芽，可以帮我一个忙吗？"她接着自言自语道，"居然来了那么多客人，还挺少见的。"

随后，她回到了帘子对面，我赶紧跟了上去。

"哇！"

在约二十张榻榻米大小的店里，挤满了客人。柜台旁有一群五十岁上下的大叔在说笑；两张桌子旁坐的好像是从公司下班的男女，在热闹地干杯喝酒；店正中间的沙发席位上，有一群松开领带的大叔，此刻正满脸通红地大声唱着卡拉OK。天花板上的玻璃球闪着光不停转动，往四面八方投下绚丽多彩的光芒。我还是生平第一次看到，原来这就是所谓的小酒吧光景啊！瑠美小姐就是这间位于商店街一角的小酒吧的老板娘。

"喂！老板娘，这妹子是你的帮手?!"

"是的！"

"咦?!"

瑠美小姐把我丢下，兴冲冲地去了客人身边。柜台旁有一位留黑色长直发，穿蓝色裙子的姐姐，有些担心似的盯着我。我当然没有化妆，还穿着千果送的浅驼色短裤和褪了色的牛仔夹克，一看就是十几岁的女孩在休息日出门逛街的打扮。

"你可以不用去客人那里。"

"是。"

虽然可以不用接待客人，但对从未打过工的我来说，接下来的工作才真让我吃不消。客人来来往往，店里一直都挤满了人，而店员只有瑠美小姐、黑发姐姐和我三个人。

我必须拼命清洗撤换下来的玻璃杯和碟子，否则很快就不够用了，再将小吃套餐里的金枪鱼肉和鱿鱼丝装满碟子；从毛巾加热机中取出热毛巾时，我差点被烫伤；喊我拿酒杯时，我根本分不清各种玻璃杯。我几乎是边哭边在后厨和柜台这三米的距离内往返了无数次，就好像被突然放进洗衣机里一般不停地转动。

那会儿，客人们唱了很多歌，每首都像是昭和年代的流行曲，可我连一首也没听过。

听到他们唱"用互相凝视的激光视线，在夜空里描绘爱情的模样"，我就吃惊地想：这是什么样的爱情？！听到"讨厌农村，俺要去东京，在东京养牛"，我会纳闷：这又是什么意思？他们唱"喝多都是因为你"，我不由得想：那是因为自己防备意识不够吧！

我不清楚小酒吧应该是什么样才对，但在瑠美小姐的店里出出进进、扯着嗓子又喊又唱的客人，看起来各个都是发自内心的高兴。

"哎呀，有一个漂亮的小姑娘啊！"

我在柜台的一角忙着叠毛巾时，一位穿豹纹衫的阿姨对我说。

"和阿姨一起喝酒吧！"

"那不如跟叔叔我二重唱呢！"

一个光头大叔从一旁插嘴。结果，阿姨来了一句"又跟小妞搭讪呢"，大叔则回答"哎呀，但是嘛，嘿嘿嘿"。两人谈话就像在说夫妻相声，我不知如何回应他们的邀请。

"啊！好高兴见到你们！那我就不客气了。"这时，黑发姐姐一只手拿着酒杯，婀娜多姿地走了过来，说完就跟他们干起杯来。

"哇，小美雪，你太厉害了！我甘拜下风。"

"啊，小美雪也可以啦。"

"可以是指什么？我可要把瓶子放回去了。"

美雪小姐边笑边说。这位店里唯一的打工女孩朝我使了个眼色，过了一会儿，我才发觉她帮了我。我慢慢发现了成年人之间的某种社交规则：喝醉、唱歌、大声说话来解闷，还扮得谁也不在乎，其实却体谅每一个人——嗯，我开始觉得，这是个让人喜欢的地方。

"呦，大财主[1]！"

突然，从里面的沙发座位上响起一阵掌声，一群男女高兴地大声说："谢谢款待！"我不经意地朝那儿看去——啊？我不敢相信自己的眼睛。

"土豪就是豪气！""不愧是大财主，承蒙款待！"

就在那热烈气氛的正中央，安安静静地蹲着一只猫。是大臣！就是那只小猫！

"大臣前辈不喝吗？""大臣社长真是有钱啊！"大家异口同声地恭维着那只猫。"不会吧！"我忍不住脱口而出。

"啊，对不起。"我走近坐在柜台位的美雪小姐，凑到她耳旁说，

---

① 在日语里，大财主与大臣同音。

"美雪小姐,那个位子——"

我想说那个座位上有只猫。

"嗯?"美雪小姐顺着我的视线,回头望去,"啊,是第一次来这里的人呢。"

"啊——人?"

我不由得重复了一句。美雪小姐笑着说:

"很稳重的一个人,不过立刻跟熟客混成一片了呢。那么有权势,却品行高尚……"

"咦……啊,这个,我说,那难道不是一只猫吗?"

我战战兢兢地问了出来。大臣在沙发座位的中间,抬起一只后腿,舔着胯裆。那就是一只猫啊!

"猫?是吗?"美雪小姐的脸有点微红,一脸迷醉地说,"清新雅致,好棒啊!"

哇呀,她到底看到了什么?那明明是只猫,正在舔胯裆的毛啊!

"啊——"

大臣仰起头,跟我四目相对了。那一瞬间,我俩都愣住了。随即,铃铛声响起,小酒吧的门开了,大臣像弹射一般一下跳了起来。随着瑠美小姐那句"欢迎光临",新的客人进来了,它趁机窜出了门外。

"啊,啊,对不起,请让一让!"

"咦,小铃芽?"

我一边说"对不起",一边跑到了店外。站在店前,环视微暗的商店街，只见那个白色的影子沿着一条昏暗的小巷匆忙远去。

"草太！"

我抬头望向小酒吧的二楼，大声喊道。

"大臣它——"

草太从儿童房的窗户里慌忙伸出了脸。为了不跟丢大臣，我没等草太出来就跑进了那条小巷。此时，带拱顶的老商店街里没有行人，路灯也已熄掉，有点异国风情的感觉。我突然觉得，自己仿佛奔跑在从未有过的梦境之中，那个白色的小影子每到一个拐角就会若隐若现。走出商店街，我来到了夜空下的空旷大路上。

"你——到底想干什么?!"

就在前面几米处的柏油路上，大臣居然转过身，悠闲地舔着自己的毛。我不知它这个举动有何用意，于是在远处盯着它。

"铃——芽，"那只猫稚嫩的声音听起来很开心，它抬头看着我说，"还好吗？"

"啊？"

大臣突然躺在地上，露出了肚皮，好像在说"来摸我啊"。接着，它又心情大好似的转了转身，卧在那里，抬起前腿指着天空。

"看！"

"咦？"

我抬起了头——好熟悉啊，我在心里嘀咕道。对，是那种甜甜的腐烂气味！仿佛有什么东西同时在地下移动一般，有种让人起鸡皮疙瘩似的触觉立刻传到了脚底。

"是蚯蚓!"

在房檐较低的住宅街的对面,从不远处的山体上方开始升起闪着红黑色光芒的蚯蚓。在夜空的映衬下,蚯蚓比以往更加不祥地闪耀着——接着,木头踩踏沥青路面的"咔嗒"声从背后传来。

"大臣!"

草太大喊着,飞奔了过来,就像一只全速奔跑的狗。大臣无声地逃开了,朝着蚯蚓的方向跑去。

"铃芽,你一定要去!"

"嗯!"

草太的话还没说完,我就开始奔跑了。

进不去的门,不该去的地方

安静的住宅街慢慢换成了坡道,接着又成了左右蜿蜒的山间道路。我和草太一同奔跑着,好多辆车擦肩而过,几位行人向我们投来诧异的目光,但我一直死死地盯着蚯蚓。

不知何时,大臣已不见了踪影。不管它了,反正目的地相同。快点,要尽快到达蚯蚓的源头,我在心里如此默默念叨。左右两边鳞次栉比的住宅开始变得零零星星时,摩天轮的巨大剪影便出现在了漆黑树林的对面，蚯蚓正从那里升起。

"原来是那个游乐园！"

在拱桥形的入口前，并排着缠满杂草的栅栏。一侧的告示牌上写着"闭园通知""四十年来，多谢大家了"等文字，黑暗中隐约可见。草太从栅栏下钻了过去，我则像障碍赛跑的选手一般，从栅栏上一跃而过。形状各异的大型游乐设施伫立在园中，黑色的剪影宛如一群巨人排着队蹲着沉睡，每个巨人的脚都埋在茂密的草丛中。地面上的沥青四处脱落，满是裂痕。就在无声沉睡着的游乐设施对面，一条赤红色的湍流不停伸向天空。

"是摩天轮！"

总算爬到了旋转木马的后面，我喘着粗气大声喊道。草太惊愕地说：

"原来这里是后门！"

眼前这个巨大的摩天轮，正从最下面的吊舱门里不停喷射着蚯蚓浊流。在深夜空无一人的废弃游乐园里，只有那个吊舱的小门，只有那里仿佛被肆虐的狂风吹打着一般，兀自发出巨响。

"啊，草太，你看！"

摩天轮的最上面有一个影子，仿佛停着一只鸟。那是？

"大臣！"

草太压着嗓门说道。大臣正瞪着圆溜溜的眼睛，出神地凝望着徐徐上升的蚯蚓浊流。

"铃芽，"草太盯着大臣，叫了我一声，"我去抓大臣，将它变回要石。这时候，你就——"

"嗯！"我从T恤里掏出挂在脖子上的钥匙。在爱媛把门锁上之后，闭门师的钥匙一直在我手上。那时是我锁的门，这次也会是我。

"把吊舱的门关上，然后锁住。你去试试！"

目光交汇后，我们互相朝对方点了点头，不约而同地跑了起来。能行的，我们能行的。这种感觉让我大口大口吸气，我的双脚更加有力地奔跑起来。

"啊！"

大臣发现了我们，又逃了。它助跑一下，再从摩天轮顶上一跃而下，落到了过山车蜿蜒前行的轨道上。

"铃芽，门就拜托你啦！"

"嗯！"

在我身旁奔跑的草太改变了前进方向，朝过山车跑去。我独自跑向摩天轮，爬上了进入吊舱的那段短短的铁梯。闪着光的狂暴浊流正从我眼前那个生锈的吊舱里喷出。我伸出双臂向那扇门冲去，双手碰到了门，一阵可怕的触感透着那扇薄薄的铁门直接传到了我的手上，鸡皮疙瘩顿时爬满了我全身。但是，我依然咬紧牙关，用尽全力推着门。才将门一口气推动了几十厘米，可它要么突然变得坚如磐石，要么就以强烈的冲击力一下弹了回来。感觉好像有人在故意搞破坏，又像有一个完全不会思考的大力士在门那边发威似的。

闪着红黑色光芒的浊流，将周围的一切染成了浑浊的落日颜色。脚下传来剧烈的震动，仿佛地面正在沸腾——不过，我可以锁上门，我们可以锁上它。我凭着这种信心，埋下头，拼尽全力地推着门。

❖　❖　❖

与此同时，草太在过山车的轨道上奔跑着追猫。草太发觉，与前天、昨天相比，今天的脚步格外有力。

"动起来，身体动起来！"

他忍不住自言自语起来。他清楚地感觉到，自己的心与灵魂以及全身的神经，开始与这个四角形的小椅子融合在一起。这可能不是一件好事，但对于眼下的他来说无疑是幸运的，因为他可以像动物一样奔跑，可以攀爬到人不可能去到的地方。由于重量轻了好多，他可以迅速爬上陡峭的轨道。地面越来越远，满月不时在眼前闪过，就在眼下不远处的轨道上，他看到了一边抬头看过来，一边顾着逃跑的白猫。

"大臣！今天就让你——"

他声嘶力竭地喊道。抓到了，他的身体已经意识到了这点。

"还我原来的样子！"

草太用力蹬了一下倾斜的轨道，跃向空中。儿童椅子慢慢旋转着落下，撞向了白猫。一看到那双黄色的圆眼睛，一看到瞳孔里映出的自己，草太便猛地撞向了大臣。跟白猫撞在一起后，他们继续下落，撞到了安装在地面上的小型变电机。枯叶混着灰尘飞舞了起来——冲力太大，变电机的灯突然亮了。一阵小小的声音响起，接电设备开始将低压电流输送到整个园区。

❖　❖　❖

"嘀"——头顶的喇叭里突然传出蜂鸣声。

我吃惊地抬头望向摩天轮，只见周围的灯都亮了，摩天轮顿时被灯光装点得华丽无比。接着，金属摩擦声不断传来——吊舱动了起来。

"啊?!"

摩天轮也慢慢地转动起来了。眼前的吊舱喷着蚯蚓，开始朝前移动。我一边推门，一边随吊舱往前跑。速度越来越快，我就跑了起来。吊舱开始慢慢上升了，但我不能离开这扇门，右手下意识地握紧了门把手。

"咦？"

我的身体也逐渐升高了。我想着自己得锁上门，又觉得这样下去会很危险，犹豫间，脚尖离开了地面。

"不会吧！"

我吓得绷紧了身体。眼看着离地面越来越远，我紧张地用双手抓住把手。浊流持续喷出，让那扇门不停晃动着，我就这样吊在了门上。不行，我不能跳下去，现在已经太高了。我拼命地往上提拉自己的身体，右脚尖终于踩到了一个从吊舱伸出的小踏板上，左脚随后也勉强地挤在了那里。蚯蚓就在我脸颊的一侧猛烈地喷射着，溅出的飞沫就像乱跳的火花一样，可实际上既无温度，也无触感。我的左手抓着吊舱的侧面，右手撑在了门上，整个人好似抱着半个吊舱，总算是站了起来，眼前就是布满裂痕的吊舱窗口。

"啊！"

在狭窄微暗的吊舱内，似乎有什么东西在隐隐约约地闪动着。我目不转睛地盯着看——星星，吊舱内有一片夜空。突然，仿佛是谁转动了调光键一般，星星的亮度增加了。我认识这片夜空，就是那草原上的星空。这一幕仿佛在我心中激起了一阵涟漪，一种熟悉的感觉陡然苏醒，难过却舒适，陌生又熟悉，明知道必须离开，却想一直待下去。

"妈妈？"

有个人站在草原的尽头，她有着柔软的长发，白色连衣裙在风中摇摆。在她对面，似乎有一个孩子蹲在那里。是我，那是儿时的我，正在妈妈的对面蹲着。没错，我和妈妈在星空下的草原相遇了。我恍然大悟，这就是那个梦的后续啊！这就是我无论多么向往，却始终无法到达的地方，是埋在记忆深处的那片风景啊！妈妈的手里好像拿着什么东西，向我伸过来。那是什么？我仔细看过去，却太远了，看不清。近一点，再近一点，我要挤进门里。我将身体探进了蚯蚓的浊流里，没有温度，并不晃眼，我也没有被任何东西冲击。那里面什么都没有，只是透明的、没有重量的浑水而已。我缩着脖子钻进了吊舱的小门里，右脚首先踩在了地板上，嗯？竟然踩在了柔软茂密的草丛里，那里是一片草原。我比刚刚近了很多，看清了妈妈和儿时的自己。

背后传来了一个声音，可我的眼睛被妈妈和儿时的自己吸引住了，往前再迈一步。什么？妈妈想要给我什么东西？我再往前迈一步，那是……

是一把椅子，一把小小的、只有三条腿的手工儿童椅子。椅子？我的心"咯噔"一下，仿佛碰到了什么似的，好像一下想起了什么。

谁？有人从刚刚就一直在背后叫我。椅子，就是那把椅子——

"铃芽！"

我猛地睁开了双眼。

"啊！"

我从吊舱的小窗户探出了身体，眼前是山和夜空，下面是微暗的沥青地面，离得很远。好可怕！我下意识地缩回了身子，一下清醒了，就像被当头浇了一盆冷水。我意识到自己正在上升中的吊舱里，草原已经不见了，妈妈和儿时的自己的身影也消失了。

"铃芽，快来！"

我回头朝声音的方向望去。蚯蚓的浊流从吊舱的小小出口向外喷射着，草太正从那股浑水的缝隙中拼命地往我这里伸着前腿。

"草太！"

我一下跪在吊舱的地板上，用右手抓住了草太的腿。他力气好大，将我从喷射着蚯蚓的吊舱里拉了出来。我的手脚都扒在摩天轮的骨架上，此时已经接近最高点，可以将神户的夜景尽收眼底。

"铃芽，锁门！"

"嗯！"

我踩着细细的摩天轮骨架，绕到"啪嗒啪嗒"抖动着的吊舱门外，再次开始推门。草太在我的脚下，也用力推着门，他似乎比以往更有力量了。吊舱门被顺利地推了过去，蚯蚓的浊流变弱了，但依旧从狭窄的门缝里往外喷射着。

"惶恐呼尊名，日不见之神！"

仿佛被草太唱出的祝词引导着一般，我闭上了眼睛，侧耳倾听这里曾经有过的欢笑声。"**那里刚开园时，真的好热闹啊**"——我突然想起瑠美小姐的声音。每到周末，这附近的道路肯定都变得好拥挤。游戏汽车、旋转木马，还有这个摩天轮，大家都排着长长的队伍队等着玩呢。我默默想象着这里的过往。到摩天轮的最高点，到过山车的急转弯处，到海盗船加速时，大家都会惊讶、喧闹、发出阵阵尖叫，或笑得前俯后合吧！哇，好高啊！再坐一次咖啡杯，好不好？喂，跑起来会很危险！第一次约会就在这里，甜蜜得很呢！

"古之祖先产土神，御赐山河长久远，不胜惶恐，不胜惶恐，恭敬万分——"

胸前的钥匙在发热,我才发现它已经闪着蓝色的光芒。一直闭着的眼睑里,随即出现了游乐园曾经的模样。大家笑逐颜开,脚下的柏油路被涂得鲜艳而柔和,闪闪发光的游乐设施上没有一丝锈迹。从少女手中挣脱的黄色气球,在晴朗的天空下徐徐升起。哇,它跑了!少女说着,望向天空,但脸上没有一丝不快。

"现在锁上它!"

草太大声喊道,声音似乎驱走了我的乡愁。

"在此奉还!"我一边大声喊,一边将钥匙插入闪着光芒的锁孔中。

"咔嚓"——感觉门被锁上了,覆盖天空的赤铜色花朵也随即爆裂了。好似一个沉重的盖子被突然移去了一般,气压一下降低了。片刻过后,像彩虹一样五颜六色的雨水从夜空倾泻而下,一口气清洗了整个废墟。园内所有的照明灯仿佛也拼尽了力气,很快都熄灭了——周遭再次回到深夜的宁静之中。

我脚下的铁骨架突然响了,低音顿时传向全身。

"哇,哇哇!"

我不由得抓紧了吊舱。往下看,地面好远,融在黑暗里,似乎要将我吸进其中。双膝在颤抖,脚下又传来了响声。

"进去里面!"草太镇定地说。我再次打开刚刚关上的门,赶紧钻进完全平静下来的吊舱里。一关上门，刚刚在耳边呼啸的风声就立刻变弱了。

"太可怕了！"

如同电器被关上了开关，我的双腿一下没了力气，瘫坐在吊舱的地板上。**我刚刚竟然站在摩天轮的顶上！**现在浑身颤抖，眼泪缓缓爬上眼眶。唉——我很没出息地叹了口气，草太突然大笑起来。

"哈哈哈！铃芽，你好厉害啊——谢谢你！"

* * *

窗外，神户的夜景一览无余。我再次打量吊舱内部，不宽敞，但也不狭窄，考虑周全地做成了让两个人亲密共处的大小。我俩在塑料座位上面对面坐着，望着愈来愈近的地面。草太说，摩天轮设计得很合理，即使停电，乘客也可以借助自己的体重把吊舱缓缓转回地面。

我问他大臣的情况，草太苦笑着说它又逃了。从过山车上一起落下，之后他便将大臣按在了地上，但发现我吊在开始启动的摩天轮上后，就慌忙跑来救我了。我说了声对不起，他继续笑着说我可不需要道歉，接着又充满自信地说下次一定能抓到大臣。

"铃芽——"草太轻轻地叫了我一声，声音仿佛与吹进吊舱的夜风悄悄融在了一起。

"嗯？"

"你刚刚在后门里看到了什么？"

"啊——"

我发觉自己的记忆一下变得模糊不清，就像刚从梦中醒来一般。

"非常耀眼的星空，还有草原……"

"那是常世。"草太惊讶地说。

"咦？"

"你看到了常世。"

"chángshì？"

"就是这个世界的背面，蚯蚓的居处，汇集了全部时间的地方。"

汇集了全部时间的地方。在我脑海的最最深处，瞬间出现了与此相同的感觉。可是，那里太深了，深得我无论如何都够不着。

"我能看到，但进不去。"

"所谓常世，是死者去的地方。"

说完，草太就看向了窗外。我追逐着他的视线，只见漆黑大海的前方是满天繁星下的夜间城市——格外明亮的工厂地带，光塔般的高楼大厦，稍显拥挤的住宅区。它们看起来又近又分明，仿佛伸出手就能将每个光点托在指尖一般。

"对于生活在现世的我们来说，常世是进不去，也不能进去的地方。所以，幸好你没有进去，进不去才是正常的。"

草太看着窗外说。不知为何，他的声音听上去有些忧伤。

"因为我们在这个地方生活着——"

摩天轮缓缓转动着，不时传来巨大金属的摩擦声。夜晚的神户逐渐隐藏在从下方迫近的黑色丛林中，只能暂时在树叶的缝隙间看到点点亮光。我俩一动不动地凝视着窗外，直到最后一点亮光消失不见。

夜晚的聚会和孤独的梦

该怎么向瑠美小姐解释呢？或许最好是不回去，可那样会不会太任性？我考虑再三，又看了看手机上的时间，都已经深夜两点了，我不由得叹了口气。不，还是回去吧！再次深吸一口气，我打开了小酒吧的门，门铃不识趣地响了起来。

"啊，不良少女回来了呢！"

听到门铃响，正在洗酒杯的美雪小姐立刻抬起了头，苦笑着朝我说道。店里的照明有些昏暗，一个客人也没有，只隐隐飘浮着酒精的残香。在柜台里低头算账的瑠美小姐缓缓抬起头，朝我看过来。

"小铃芽！"

瑠美小姐站起身向我走来，我条件反射般将抱着草太的手背到了身后。看着一脸疲惫的她，我心生愧疚。

"你究竟去哪儿了啊？"

"对不起，我——"

"这么晚，你突然不见了，你知道我们有多担心你吗？"她抓住我的肩膀，着急地问道。

我不知怎么回答，而美雪小姐劝说道：

"算了，算了，这不是平安地回来了嘛！"

"那倒也是——"

"离家出走这种事，我们做得多了。"

我心想着，原来如此。就在这时，我的肚子"咕噜"叫了起来。

"哇！"我慌忙用手掌按住肚子，脸一下子红了。

"好了好了，"瑠美小姐叹了口气，苦笑着看我，"我们还是先吃点东西吧！"

接下来，我们三人就站在小小的厨房里商量吃什么。这个时间点，吃拉面太容易发胖了，炒面也不行，茶泡饭虽然吃起来比较心安理得，可满足感不够，那还是做点以蔬菜为主的东西吧！不过，我们反复讨论后，发现大家都还是想吃碳水化合物，最后就决定做放好多蔬菜的炒乌冬面。

"那就在面上再加一个煎蛋，还要堆满红姜。小铃芽，你呢？"

我被如此问道，就回答"我家是放土豆沙拉的"，两人听后面面相觑，一下接不上话了。竟然还有这种吃法？不怕热量太高吗？不管怎样，大家最终达成了一致——正式的菜品就是放大量蔬菜、加了土豆沙拉的炒乌冬，上面再加一个煎蛋。

瑠美小姐在用平底锅加热芝麻油的时候，我在一旁切菜，美雪小姐则用微波炉预热一下包在保鲜袋里的乌冬面。接着，瑠美小姐在平底锅里炒蔬菜，我在一旁同时炒乌冬面，美雪小姐则用大号勺子挖出店里预制好的土豆沙拉，一块一块地放在乌冬面上，我再用烹调专用的筷子将它们搅在一起。我们就像学校家庭课上的精锐小队一般，一边手脚麻利地做菜，一边不停地说笑。

"开吃啦！"

我们坐在店中央的沙发上吃着炒乌冬，瑠美小姐和美雪小姐都赞不绝口，我也忍不住得意起来。美雪小姐说这道菜必须得配上啤酒，瑠美小姐就从冰箱里拿来了罐装啤酒，还递给了我一瓶姜汁汽水。我们喊着"辛苦啦"，举杯庆贺。冰凉清爽的碳酸饮料与浓香的炒乌冬不停滑进肚子里，觉得有多少就能吃多少，有多少就能喝多少。吃完炒乌冬，我们又把店里原本就有的辣薯条、鱿鱼丝和卡芒贝尔奶酪摆在了桌子上，感觉就像在学校文化节结束时办庆功宴。瑠美小姐是三年级学生，美雪小姐是二年级学生，她俩的华丽长裙看上去宛如文化节上的盛装，而我则是新生。店里只开着黄色边灯，有点暗，像极了放学后被专门装饰过的教室。

转头望去，只见儿童椅子一动不动地立在墙边，仿佛孤傲地伫立在教室一角的英俊学长。我从沙发上站起来，蹲下去对草太说：

"喂，草太也跟我们一起吧！"

"咦?"草太小声应道,我不容分说地将儿童椅子抱了起来,"啊,喂,喂,你等等!"

我对草太的细语充耳不闻,直接将儿童椅子放在桌子旁,坐了上去。

"哇!"草太吓了一跳。我整个人的体重都压了上去,但这把三条腿的椅子却纹丝不动。我听到他在背后轻轻地吁了口气,还说了一声"真是的"。

"嗯,那是什么?"

"哎呀,好可爱!是儿童用的椅子?"

"怎么了,突然拿过来?"

"啊……我想把神户的回忆留在心里。"

我直接回答道。她俩哈哈笑道,说听不明白我的话。接着,我们一起拍了纪念照,然后我发挥了这两天来已经充分掌握的收拾技能,麻利地洗完了餐具。最后,我们互道晚安,就像跟同学分别时互相说"明天学校见"一般,极其自然地解散了。

* * *

"她们会觉得,你是个奇怪的女孩子吧?"

我在举行过聚会的那张沙发上躺了下来,草太在枕头旁边笑着对我说。我刚刚洗完澡,向瑠美小姐借了一张毯子,正准备穿着T

恤睡觉。

"啊,你是说我坐在儿童椅子上?"

"不是。我是说你突然消失,又在深夜里回来。"

"对哦。"

瑠美小姐、美雪小姐还有千果,都有不拘小节的性格,完全不介意其他人的异样,很清楚每个人都拥有各自的世界。尽管离家才仅仅两日,但比起从前,我的世界真的精彩了许多。

"喂,草太,你就一直这么四处旅行吗?"

我带着这样的憧憬,向他问道。

"也不是一直,我在东京有公寓。"

"咦?"

"大学毕业之后,我打算做一名老师。"

"咦?"我不由得看向他的脸。

"嗯?"椅子的脸也朝向了我。他说大学?咦?

"啊啊啊!你是大学生?!"

"是啊。"

"哇,你是要毕业工作了吗?!那闭门师又是怎么回事?"

他难道不是职业旅者吗?听到儿童椅子正经八百地说着这些寻常事,我的大脑顿时一片混乱。草太微笑着对我说:

"闭门师是代代相传的家业,今后我也会继续。可是,光靠这个活不下去呀。"

"原来如此。"

原来如此，养不活自己，活不下去。这么一说，的确没错！就算把门关上，也没人会付钱的。可我忍不住说：

"不过，明明你做的事情很重要！"

"做重要的事情，最好不要被人看到哟！"

我顿时脊背发凉，鸡皮疙瘩都冒了出来，因为我从未想过，也不会往这个方向去想。过去，我一直觉得越是重要的工作，就越应该被关注，越应该获得更多的报酬才对。草太看着我的眼睛，像安慰我似的温柔地说：

"没关系。我会尽快恢复本来的模样，同时做老师和闭门师。"

听他声音平静，我松了一口气，没过多久就睡着了——但有那么一会儿，我突然想起了那个摩天轮。摩天轮顶，我们所站之处，那是除我俩之外没人到达过的地方。在那顶上，在那个最高点上，我们悄悄留下了一个其他任何人都看不见的秘密**标记**般的东西。想到这些，我忍不住全身都颤抖，实在太令人骄傲了。我在心里默默品味着这种感觉，不知不觉睡着了。

❖　❖　❖

在我坠入无梦长夜时，草太却踏进了梦乡。他的梦无人可知，甚至他在醒来后也将毫无印象。那是一个虚无缥缈的孤独之梦。

草太坐在三条腿的儿童椅子上，回味着自己刚刚说过的话——会尽快恢复本来的模样，同时做老师和闭门师。可他又心想，自己或许已经……

才这么一想，他的身体就立刻变重了，臀部紧紧压在坐面上，好像地球引力陡然增大了一般。当体重超过某一个值，坐面如同一个爆裂的气泡突然消失不见，他掉了下去。

草太不断下落，他吃惊地往上看，看到了依旧坐在椅子上的自己。自己此时正蜷着身体疲惫地坐在椅子上，闭着眼睛一动不动。接着，那个蝉蜕一般的身影飞快地远离，不久便溶化般消失在黑暗里。啊，远去了，他绝望地想。自己已经接受了，虽然不希望这样，但也无奈地接受了。

地平线的尽头出现了一个火光冲天的城市。那应该在很远很远的地方吧，可仔细望去，却连细节都能看得清清楚楚。在火焰环绕之下，有折断的电线杆，堆在一起的汽车，碎裂的玻璃窗和摇动的窗帘，还有在风中燃烧并摇曳着的晾晒衣物。这一切如同精致的迷你模型一般，清晰地映入了眼中。明明一切都能看到，可那个城市终究是从视野中滑走而已。草太想，我不能去那里吗？那么我能去哪里？那里难道是地狱的边缘吗？

草太在没有颜色也没有实体的半透明浑水中不停地坠落，最终被甩出了世界。连接他与世界的重要之线，一根接一根地断开了。

亮光消失了。

声音消失了。

身体消失了。

记忆消失了。

寒冷，寒冷，寒冷，寒冷——

接着，最后一根线也断了。

可是，心还在。那么，这是哪里呢？

他睁开了双眼。

自己依旧坐在椅子上。仰起头，看到眼前有一扇旧木门。打量四周，原来自己在空旷的海滩上，这里只有一扇门和坐在椅子上的自己。在海与沙滩的分界处，延伸着一排被海浪冲上岸的骨头。那排骨头分不清是人骨还是鱼骨，雪白雪白的，好似被忘了涂颜色一般。雪白的骨头看上去就像将世界一分为二的分界线，他在这边，门在那边。

他再一次仰望那扇门。门上装饰着植物形状的木刻花纹，早已油漆剥落，斑驳不堪。那应该是一扇充满回忆的门啊，可自己却丝毫感觉不到，什么都记不起来了，因为连接着感情和记忆的那根线断了。

"我……"

他喃喃自语，却不知道接下来该说什么，只能呵气成霜。他心想着去门那边吧，要站起来时却发现下半身动不了。他不由得望向脚下，顿时惊呆了，只见踩在沙滩上的一双赤脚被冰覆盖着。厚厚的冰层好似虫子在鸣叫一般，发着细碎的小小声响，眼瞅着扩散开了。先到了膝盖，把腿冻住了，接着蔓延到上半身，毫不迟疑地覆盖了他整个身体，仿佛要将他缝在这地狱的边缘一般。

原来……他如此想着，深深地吁了一口气，可就连呼出的气也立刻变成了闪闪发光的冰粒。

"原来，这里就是我要去的地方啊——"

他失望地垂下了头，嘴角却浮出了一丝微笑。被冰覆盖的身体越来越重，但冰冷让他连重量都感觉不到了。那种空虚的感觉格外甜蜜，真奇妙。

远处传来了谁的声音，他却在这种不断扩散着的空虚甜蜜感中睡着了。

声音又传来了，是谁？他突然有点着急——为什么不能让我就这样睡下去呢？我明明选择了酣睡啊，明明一切都好不容易消失不见了啊。

"草太！"

声音响起的同时，眼前的那扇门开了，他的眼睛被晃得眯成了一条线。

❖　　❖　　❖

"是铃芽吗？"草太睡眼惺忪地问道。

不会吧，他真的起来了。千果，抱歉！我竟然不相信你——我这么想着。

椅背上的眼睛向上看，草太望着我的脸：

"早上好！"

"你终于醒了。"

我对着草太叹了口气，将他放在了沙发上，接着把手机屏幕对着他。

"你看，是大臣！又有人把它的照片传到网上了！"

草太缓缓地扭过脖子，一动不动地盯着社交软件的画面。

"铃芽……"他看着手机画面，低声说道。

"嗯？"

"你刚刚对我做了什么？"

吻他一下，他就醒了——千果扬扬自得的声音在我脑海里响起，不愧是她啊！

"没做什么啊……好，下一个目的地决定了，得出发了。"

说完后，我把牛仔夹克穿在外面，把儿童椅子塞进了包里。透过窗户看到的蓝色天空，今天也澄澈透净。

第四日

看得到，却无法进入的那些风景

"这个，送给你。"

瑠美小姐说完就摘下自己的运动帽，戴在了我头上。

"哎呀！越来越像个离家出走的少女了。"

瑠美小姐嘻嘻笑道。我并不是在独自旅行，她看出来了。事到如今，我还是有些不好意思。她紧紧地拥抱了我，我突然眼角一热，将脸埋在了她柔软的肩头。

"瑠美小姐，真的谢谢你！"

"嗯。"

她温柔地拍了拍我的背：

"跟你的姨妈保持好联系哦！"

"是……"

新神户站前，新干线在背后不断响起出发的铃声。我不停地挥手，直到瑠美小姐开车离去，消失不见。

糟了，我把环姨忘得一干二净！

我蹲在车站柱子旁，赶紧打开被设置成静音通知状态的LINE。

"竟然有五十五条信息……"

我不由叫出了声。五十五条啊！姨妈一天竟给我发了五十五条信息。糟了！我是应该标上"已读"呢，还是这辈子都不要点进去看？可我真受得了这个数字不停地增加吗？拼了——想了想后，我还是点开了环姨的头像。

"啊，什么？要来接我?!啊?!"

"铃芽！"草太从包里探出脸，催着我说，"赶得上下一班车，快点买票吧！"

"啊，我们坐新干线去吗？"

"去东京的话，还是坐新干线最快吧！"

今早的社交软件上，又上传了主题标签为"#和大臣在一起"的照片，背景全是雷门啊、东京塔啊这些观光点，连我这个乡下妹子也能一眼看出来它在哪里。

"坐新干线去东京的话，我的存款就花没了……"

我小声嘟囔着在售票机上买了票。好不容易存起来的零花钱，一下子少了一位数。

"大学生，回头你得把钱还给我哟！"

"放心吧！"运动包里的那位笑着说。

我这辈子就坐过几次新干线。将瑠美小姐给我的帽子深深戴好后，我紧张地在自由席车厢里四下张望，在一个靠窗的空位坐了下来，身体紧贴着车厢内壁。新干线开始滑行了，动静小得让人难以置信，车速眼瞅着快了起来。穿过了几条隧道后，楼房挤挤的城市风景一瞬而过。过了几条大河后，风景就主要以田野为主了。我打开地图，它正以前所未有的速度向左移动着。我将自己的惊奇小声地告诉了草太，他却敷衍地回了一句"对对，是挺快的"。可是真的太震撼了，他的敷衍根本泼不了我冷水。

我目不转睛地注视着窗外呼啸而过的风景，看到了山，看到了海，看到了各式各样的大楼、住宅、工厂和商店，看到了空无一人的田间小路，以及远处缓缓移动的轻型卡车，还有坐在驾驶席上的小小身影。在翻滚着黄绿色波浪的田野旁，有一座仿佛时代剧中才有的小木屋，而山坡上有沐浴着阳光的墓地，河边还有遛狗的情侣。

眺望着这些景色，我在心中暗暗感叹：终其一生，我也到不了这样的地方吧。进去那家便利店，在那个家庭餐馆点餐，从那扇窗往这边张望……这种经历在我的人生中的确还未曾有过。我的身体太小了，我的人生还太短了，这一瞬滑过的风景，我几乎都没有实际到达过。而在那里，**几乎所有人都在与我无关的风景中过着每一天**。于我而言，这是一个惊奇与孤寂交织在一起的新发现，莫名打动着我的心。

思量着这些，我不知不觉打起了瞌睡。醒来时，车窗外已是一片大海。我赶紧打开地图，发现已经接近神奈川县了。"**即将抵达热海**"，头顶上传来人工合成的语音播报。

"草太！"

我几乎要哭出来了。

"富士山不会已经过了吧?!"

"啊,这么说来——"

"怎么回事嘛,你看到时就叫我一声啊!"

"对不起,对不起。"他依旧一副敷衍的样子。

气愤之余,我从车内贩卖处买了三明治、咖啡和冰激凌。

"咦,你真的那么想看富士山吗?"他问我。

"你说什么呢?不给看吗……"

就在我俩就这么斗嘴时,窗外的景色转眼切换成了大堆建筑物。许许多多的高楼大厦一望无际,一直延伸到遥远的地平线,与之前的景色风格迥异。首都,这个仿佛只在社会课上才能见到的词语,此时自然而然地浮上了我的脑海。这里的地表铺满了人类自己创造的东西,与海洋和山脉有着同等的分量和存在感。

在东京站下了新干线,立刻感觉到空气的潮湿和人群的拥挤。我几乎要窒息了,跟着运动包里传来的声音左转右转,随着人群流动,总算到了想去的那个站台,终于坐到了冷气开得很足的电车的座位上。可是我刚坐下来,包里就传来催促声"下一站下车",我只好赶紧准备下车。在叫御茶之水的车站内,我在有着黑亮全面屏、科幻感十足的自动售货机买了一瓶冰水,站在站台上"咕咚、咕咚"地喝了起来。总算可以喘口气了,我瞪着悠闲自得地挂在我肩上的包,说:

"我感觉自己被当成马了!"

"哈哈。找大臣之前，我有个想去的地方。铃芽，可以帮我打个电话吗？"草太笑着说。

"嗯？"

"电话号码是……"

"啊，你等等！"

我赶紧将号码输进手机，按下拨出键，将手机凑近椅子的椅背。拨号音停了，传来一个女子的声音。

"是绢代小姐吗？好久不见了，我是草太。"

咦？

"嗯，我挺好的。绢代小姐好像也挺好的，那我就放心了！"

他的声音特别亲切，说完又哈哈笑了起来，那笑声也是帅哥范儿十足。搞什么啊？

院子似的房间

我们在犹如抹茶般浓绿的河岸上走了一会儿后，爬上了一所大型高中旁侧的坡道，又在安静的住宅区里走了一阵子，在一角处找到了要找的那间店。与想象中的稍有不同，这是一间在我老家也常见的便利店，位于三层小楼的一楼。入口周围摆着好多花盆，花草繁茂，枝叶都伸到了车道上。便利店门上的蓝色全国连锁商标，被从二楼阳台垂下的植物遮得几乎看不到了。整座楼都给人一种不拘小节、大大咧咧的感觉。

一走进自动门，熟悉的门铃声便大声响起。一眼看去，店里好像没有客人。

"请问，有人吗？"收银台内侧有个女店员背对着我，正弓着身子在干什么，我小心翼翼地跟她打了个招呼。

"嗯？"

店员抬起了头，她五官深邃，胸前的姓名牌上写着"卡罗尔"。

"你好，我叫岩户。"

"咦？"

"刚刚在电话里……"

"咦？"

"那个……"

她诧异地盯着我，一动不动。我心里想着"接下来该怎么办啊，草太"，用力抓了一下包，向他传递了一个信号。虽说如此，他看来也不能回应。正当我想临时撤退时，从店的最里面传出一个声音：

"啊，来了来了。你是草太的亲戚，对吧？我正在等你呢。"

一个蘑菇头发型、小小个子的白发婆婆，趿拉着拖鞋走了过来。她穿着和卡罗尔小姐同样的蓝色条纹制服，胸牌上写着"阿绢"。

"给，这是草太房间的钥匙。三〇一室。"

她说着，将钥匙递给了我。她就是草太说的房东。

"是亲戚？"卡罗尔小姐问房东，房东好像用英语回答了她。卡罗尔小姐听完后，笑着看了看我。

"他什么时候才能旅行回来呢？"

"哎呀，抱歉，我也不知道。"

"好想他早点回来啊！"

房东神情颇为寂寞地说。卡罗尔小姐回了些"sweet"或"cute"什么的，这次我听懂了。房东又有些恍惚地说：

"他真的是个帅哥啊！"

你好受欢迎哟！我又使劲抓了一下身后的包。

"噢，谢谢啦！"我向房东点头致礼。

"出了店，左边有个楼梯。请慢走。"

她一边说，一边侧着脸朝我轻轻挥了挥手。

* * *

我用钥匙打开了房间，里面的热气扑面而来。接着，就是一股学校图书馆似的气味，然后闻到了肥皂和洗衣液的味道，最后又隐隐约约嗅到了一股陌生的海外城市般的时尚气息。我想，这就是大人的气味吧。

"请进！"

草太从包里伸出头催我进屋，我在只有大约三十厘米深的小玄关处脱下鞋子，进了房间。厨房居然在最前面，这个部分说是房间，大小却像一个加宽的走廊。再往里走，是一间八张榻榻米大小的微暗空间。

"哇……"

我轻轻叫了一声。窗帘缝隙间透进来的室外光线，让房间显得模糊不清。整个房间，无论是墙壁还是地板，都堆满了书。榻榻米上摞着很厚的古书，仿佛这就是大学的研究室——虽然我没有去过，但这里真的好像为某个领域的专家准备的房间。书堆间放着一台像是昭和时代的文豪会用的电话座机，房间里有一张圆圆的矮脚桌和三个书架，而角落处有一张宜家风格的铁制书桌，还有一张架在书桌上方的高架床。只有书桌周围的书才像是大学生看的，五颜六色，很有现代感。

"很热吧？能帮我打开窗吗？"

"啊，好的。"

一拉开窗帘，开始斜射的午后阳光便将整个房间照得亮晃晃。打开窗，舒适的风也吹了进来。我将运动包放在地板上，摘掉帽子放在了包上。四下打量这个亮堂堂的房间，感觉像个小小的院子。虽然所有空间都挤满了东西，却没有杂乱的感觉，好奇怪。所有的东西都像植物一般，自然而然地待在那里。

"铃芽，"草太在书架前看着我这边，"我想查个东西。这个书架上有个纸皮箱，对吧？"

"嗯。"

"能帮我拿下来吗?"

"嗯。"

我站在书架前伸出手,可是太高了,够不着。我踮起脚尖,还是不行——嗨哟!我踩在了草太身上。为了支撑我的身体,那把三条腿的儿童椅子赶紧在我脚下稳稳站住。够到了,箱子沉甸甸的。

我突然觉得好笑,嘴角悄悄动了一下。我就这么拿着箱子,站在椅子上开始踏步,喊着"一、二"。刚从便利店出来时,我说"草太好受欢迎啊",他清爽地回我"也没有啦",十足的帅哥腔调,真让人来气!

"一、二,一、二。"我看着脚下,边笑边说,"草太,可以踩吗?"

"站上来之前先问问嘛!"

椅子在脚下摇摇晃晃,我大声笑了起来。

* * *

纸皮箱里全是书,草太要找的是一本叫《闭门师密传之抄》的古书。它是用绳子将粗纸缝在一起的和装本,我只是在照片上看过这种书。我小心地翻开一页,唯恐把这些似乎马上会散开的旧和纸撕破。

摊开的双联页上都画满了图。一看到图案,我就不禁汗毛直立。

那是喷火的画。黑墨画出了村庄和大山，从山里喷出的火焰则是用大红色颜料画成的。那道红色好似在空中翻腾起伏的大河，跟我熟悉的蚯蚓一模一样。

"这是……蚯蚓？"

草太凝视着画，肯定回答道。仔细一看，火焰不是从喷火口喷出，而是从山顶的鸟居里喷出来的。那么，这就是后门吧？画的一侧有一列可以看懂的文字"天明三年"，是江户时代吗？在草太的催促下，我翻开了下一页。

是龙的画。长长的身体蜿蜒前行，身体的缝隙间画着山、村庄和湖泊，让人感觉龙与土地融为了一体。在龙的两头，也就是头部和尾部，分别插着一把像是巨剑的东西。

"这就是要石，西柱和东柱。"

草太一边说，一边用椅子腿先后指那两根柱子。

"咦，要石？"

"是的。有两个。"

"啊……那么，就是说还有一只猫了？"

"猫的形状，只是暂时的化身而已。"他低声说。

我继续翻页。每个双联页上都画着石碑，还有向石碑祈祷的百姓。两个石碑上面都用红字写着"要石"，有几个僧侣模样的人看上去准备将要石埋进地里。画的缝隙间写着一篇文章，是我看不懂的草书，而且字很小。每个要石的一侧都写着一列文字，得费好大劲才能读懂,分别是"黑要石收拾之""寅之大变白要石"。

"威胁人类的灾难和疾病,"草太一边看这些,一边说,"是通过后门从常世被带到现世的。所以,我们这些闭门师就得四处奔忙着去关上后门。关上了门,才能将那片土地交回给它本来的主人——产土神,也就是土地之神,由其镇住这块土地。但是,有一种灾害,就是那种几百年一遇的巨大灾难,光靠关上后门是阻止不了的。为了防止这种情况发生,这个国家自古就被上天赐予了两个要石。"

说完,草太拿出了另外一本书。封面上写着《要石目录》,也同样是和装本,只是看上去比刚才那本要新个几十年的样子(也可能是几百年)。我打开了这本,上面画着的似乎是古老的地图,地形有些模糊不清,地面上好像粘着熔岩,上面写着几个汉字"扶桑国之图"。这块地像是一个岛,岛的两端分别插着一把巨大的剑。

"在不同的时代,要石会出现在不同的地方。"

再翻一页,还是古老的地图,不过海岸线的形状比刚刚那幅要写实多了。两把剑插的地方,也跟那幅稍有不同。

"这是?"

我继续翻页。这幅地图比上一幅的清晰度好像又高了一些。细细的大道和边境线都画得十分清晰。至于那两把剑,分别在**东北端**与**琵琶湖**的下面。

"是日本地图!"

"没错。地图的变化反映了日本人的宇宙观的变化。人们的认知改变了，土地的形状也会改变，龙脉和灾害的形式也会随之发生变化，需要要石的地方就会因此改变。由于持续发展变化着的人类与土地之间产生的相互作用，每个时代的要石都得被供奉在真正需要它的地方。在人眼看不到、被人类遗忘的地方，要石会在几十年、几百年里持续医治着那块土地。"

草太淡然地说着。我几乎听不懂，但他的话使我记起了初见要石的情景。夏天那空无一人的废墟，冷得几乎结冰的水洼，孤独伫立在其中的石像。那时，我一碰它，就感觉它想跟我说话似的。那难道不是一只厌烦了百年使命的猫，在发现玩伴时自然流露出的喜悦吗？不知为何，我的想象与草太的话正好吻合。草太似乎看懂了我在想什么，说：

"九州的要石，现在变成猫的样子逃走了。"

"啊，嗯。"

"至于另外一个要石——"

草太用椅子腿提醒我，我又翻了一页。那根本是一幅现代版的日本地图，上面写着"明治三十四年"。草太指着一个点，只见关东画着一根剑形的石碑。

"东京？！"

"是的，在东京，正镇着蚓厄的头。我想知道具体的地点，它到底在东京的何处呢？在我的记忆中，我没见过哪里写着，也没听人讲过。不过，这些书的某个地方可能会有记录。"

又被他催了，我再翻一页。翻完一本，再翻开一本。草太的目光在那些我根本看不懂的潦草文字上快速移动着，一边读，一边语气沉重地说：

"据说东京这个要石所在地，也有一扇巨大的后门。说是一百年前开过一次，在关东一带引发了巨大灾害，后来被当时的闭门师们关上了。东京的后门，莫非——"

他的声音更低了。

"大臣可能想再去打开那扇门。如果它要这样逗我们玩，我们就必须抢在它前面，预防可能发生的灾难。"

飞机的声音随着风儿不停地从窗口飘进来。真奇怪，飞机怎会如此频繁地飞过这里？在喷气机引擎声的间隔里，又会听到摩托车的声音，救护车的声音，拍打棉被的声音，孩子们放学时的声音，还有"哐当、哐当"……远处电车的声音。鸟儿在鸣叫，不远的地方有两个人在说话，还有人在用吸尘器打扫卫生，数万辆汽车行驶时发出的低沉声音重叠在一起，不间断地一直响着。

我再次体会到，这里有无数种生活啊。我实在难以想象，在这个巨大城市的某个地方，会悄悄隐藏着一个古老的石像或石碑。我翻的书从日式装订本变成了老旧的大学笔记，书上的文字变成了用钢笔写的，字迹也在变化。现在打开的这本书好像是大正时期的一本日记，上面写着一手好字，还掺杂着片假名。可即便如此，我也几乎读不懂。

"不行……"

在我翻完纸箱里所有的书之后，草太叹着气说道。

"日记里有类似的记载，但关键的地方被涂成了黑色……"

的确，翻开的书页上有几个地方被黑色的墨水涂得乱七八糟。我也认真看，想帮上点忙。我读懂了黑色墨迹前后的几段文字，"九月初一 周六 晴""早晨值班人""上午八时""日不见之神显灵"。

"嗯……原来如此！"我说出了声。

"你看明白了？"草太吃惊地问我。

"对不起，只是说着玩。"

"只能问爷爷了。"草太苦笑道。

"嗯？"

"这本日记是爷爷的老师写的。"

"爷爷？"

"嗯——把我养大成人的爷爷。他最近在住院。"说完，草太又看回了那本日记，接着小声说道，"我一直不想让他失望，可我现在这模样……"

我从他身后可以看出，他好似已筋疲力尽。我在想，他的爷爷应该也是闭门师吧，那一开始就去见爷爷不就好了吗？爷爷不会失望，只会担心孙子吧，说不定还能帮到我们呢。难道……他有什么不能去见爷爷的苦衷吗？我正这么想时，突然有人大声敲门，让我忍不住"哇"了一声。

"喂，草太，你在吗？在吧？"

是个男的，正把薄薄的木门敲得"咚咚"响。我看向草太，椅子却面无表情地看着门，好像并不紧张。

"我看到你的窗开着！草太，你回来了吧？喂！"

"哎呀呀，是芹泽。真受不了，这个时候来了。"草太嘟哝道。

"咦，谁啊？"

"我朋友。可以帮我应付一下他吗？"

"啊?!"

草太"咯噔噔"地朝墙边走了起来。那个叫芹泽的男人仍毫不识趣地一直在敲门。

"喂，草太，你开门啊？"

"哎哟！"

"开吗？我开了哦？"

我求救似的看着草太。"他不是坏人"，草太说完就靠墙站住了。哎呀，我要怎么办啊？

"咔嚓"一声，门开了，只见外面站着一个年轻男子，跟草太差不多年纪。他梳着狼奔头，浅茶色的头发像金发般闪亮，穿了件大红色缎面衬衫，胸前敞开着。

"啊，你好。"

我朝他轻轻点了点头。

"哇噢！"

芹泽惊讶地看着我的脸。只能糊弄一下他了。

"咦，你是谁?!"

"我是他妹妹。"

"嗯？那家伙还有妹妹？"

"哦，不是亲妹妹……是表妹。"

"啊？"

他的吊梢眼在时髦的圆眼镜后面诧异地眯了起来，冷冷地盯着我。怎么办？

"嗯，请问，你是芹泽吧？"

"啊？"

"草太提起过你。"

他原本尖锐的目光，稍稍变得柔和了。

*　　*　　*

"教师录用考试？"我一下不敢相信，嘴里反复念叨着刚刚听到的这个词组，"啊，教师录用考试？"

芹泽站在书架前，背对着我，不耐烦地接着说：

"嗯。昨天是复试，可那家伙没来考场。这不可能啊！"

"昨天是考试……咦？"

我看向立在墙边的草太。他一副儿童椅子的模样，一动不动地沐浴在夕阳下，根本不看我。

"那家伙太蠢了。这么一来，四年的努力不都白费了吗？"

芹泽吃惊地说。他正在看书架上那排参考书，有《教师录用考试·掌握教职教养》《有志成为教师之人必读之书》《东京都·过往问题集》《轻松掌握·小学全科》等。这些书夹在褪色的旧书中间，颜色鲜艳的书脊排成一排，看起来有些特别。

"昨天，我一直纳闷那家伙为什么不来，害得自己也没考好。"

芹泽用手胡乱扒拉着长长的刘海，转头盯着我。

"你是叫铃芽，对吧？"

他的眼神很可怕，我不由得紧张起来。

"如果见到草太，就告诉他我很生气，别来找我了。"

"啊？"

"嗯。还有两万日元……"芹泽突然想起来似的，视线从我身上移开，低声说，"我借给了他两万日元，告诉他尽快还我。"

接着，他又看向了我。

"啊？"

"听说他家里出了事——"

芹泽将两根手指插进黑色的紧身牛仔裤里，一边往玄关处走，一边嘟囔了一句。

"那家伙活得可糙了……真让人生气。有什么事就不能说一声吗？他还是小孩吗？没常识吗？"

感觉芹泽没什么话要跟我说了，对我也没什么兴趣了吧。他走去玄关处穿鞋子，我也赶紧跑到玄关处。他穿上尖头鞋子后打开了门，朝一直局促不安的我瞥了一眼，随口说了声"再见"就出了门。

可就在这时，我口袋里的手机突然响起了警报声。

"呜哇！"

芹泽惊讶地站住了，他的手机也响了。两个手机同时响起，声音有些可怕。他从牛仔裤掏出手机，看着屏幕说：

"地震速报——啊，会摇晃吧？"

我默不作声地穿上鞋，从芹泽身旁走出了房间。芹泽在我背后说了句什么，但我没工夫理他，从共用走廊的扶手处探出身体，朝街道望去。

"啊，停了。"手机的警报声停了，芹泽窥看着我的脸，"喂，你没事吧？"

我没空回答他，忍不住说了声"好近"——**它**比想象的还要近，就在那排住宅楼和混居楼深处，离这里大概两三百米的地方，一个红黑色的条状物正上下翻腾着。那条在建筑群的缝隙间缓缓翻滚的浊流，就像被投掷到都市空间里的巨大无意义红色物体。无数只乌鸦围绕着它，"嘎嘎"叫着。

"哇，好多鸟！"

芹泽在我身旁说道，似乎不怎么惊讶。

"噢，在神田川一带呢。难道河里有什么东西吗？"

他看不到,看不到关键的东西。突然,我发觉从脚下传来"咯噔"一声。

"走吧!"

草太不知何时来到了我脚下,严肃地喊道。我点了点头,抱起椅子跑了起来。

"啊?喂,你等等!"

芹泽在背后大声叫着。我没有回头,边下楼梯边想:教师录用考试?可是——

可是,草太连一句也没提过。

假如天空的塞子脱落了

"草太,你居然要考试,我都不知道!"

我在夕阳斜射的住宅区街道上,边跑边说。

"就在昨天吧?要怎么办?!"

"这不怪你。"

"可是……可是,是我把要石拔出来的啊。"

我和一群学生擦肩而过,他们目不转睛地盯着抱着儿童椅子还大声自言自语的我。

"没事的。"草太像宣布了什么决定似的,"今天,我要让一切结束。关上后门,把猫变回要石,我也要恢复本来的样子!"

我跑下高中旁的坡道,尽头处横着一条宽广的车道,那条剧烈起伏的红色浊流就在车道的另一边。我下了坡道,转弯到了人行道。回家的行人越来越多,我一边拨开人群往前跑,一边斜眼看蚯蚓。我的右侧是一条四车道,在车道的对面,也就是离我几十米远的河堤上空,那条红色蚯蚓正与车道平行,不停翻滚蠕动而来。几十只、几百只乌鸦在河流的上空飞舞,人们不安地凝望着这一幕。

"对了,你说的后门在哪里?"我跑着问道。

"啊,在这前面,应该是神田川的下游吧!"草太在我手上说。

路边的树遮挡着视线,还看不到蚯蚓的源头。前面就是御茶之水车站。回家的行人越来越多,躲闪不及就会撞到人。有人咂舌,有人诧异地盯着我手中的椅子。尽管如此,我依然跑着。快点,快点看到蚯蚓的源头,后门应该在那里,大臣应该也在那里——

突然,我感觉有些异样。

"啊,好可爱!"擦肩而过的一个人说。许多视线也不时投向我的脚下。

"哇,一只猫!"不知哪位路人说了一句,我就往脚下看去。

"铃——芽。"

"大臣!"

不知何时,白猫开始跟我一起跑了。它抬头望着我,用稚嫩的声音高兴地说:

"来玩吧。"

"要石!"

草太怒吼一声,随即从我身上飞了下去,开始在人行道上连滚带爬地跑了起来。大臣开始逃跑,猫和椅子在熙熙攘攘的行人脚下见缝插针般跑动着。

"啊,什么?椅子?!"

人群顿时喧闹起来,大家都拿出手机对着他俩一通猛拍。我拼命拨开人群,紧紧跟在后面。

"啊!"

大臣冲到了车道上,草太追了上去。汽车喇叭四处鸣响,大家都在拍照,快门声响成一片。他俩毫不犹豫地飞奔在大量车辆穿梭的四车道上。大臣越过中间线,从正面驶来的卡车底下穿过,草太则与卡车擦身而过。下一辆车紧接着开了过来,就要撞上时,大臣一下跳上了发动机盖,草太也跃上了车,在车顶上跑着。大臣从车上用力跳起,草太紧追不舍,两者都跳上了架在上方的拱形桥。

"草太!"

我叫道。只能隐约看见跳到桥围栏对面的一椅一猫。

"喂,看到那个没?是猫和狗吗?不会是椅子吧?"

人们兴奋地叫着,而我穿过人群,跑到了桥下。左手边有段台阶,我往上爬去,肩膀撞到一个撑着太阳伞的老奶奶。我上气不接下气地说了声"对不起",心里也拼命地道歉。

爬完台阶就到了桥上，那里的人们也都拿着手机，我朝镜头对着的方向望去。汽车在桥上川流不息，草太在桥的正中间，用坐面把那只小小的白猫紧紧地按在了地上。他们好像发生了争执。用照相机对着他俩的人们，都在困惑那到底是什么。来往的车辆也按响了喇叭，避开了这两个异物。

"怎么办呢？"我呆呆地站在原地。

这时，我看到一辆车直接朝他们撞了过去。啊，眼看要撞到了，只见椅子和猫同时从那里弹跳开，而汽车拖着长长的刹车声和喇叭声开了过去。草太飞跃到了车道对面——桥另一边的人行道上，我忍不住想跑过去。

"哇！"

一辆汽车按着喇叭从我面前驶过。我的心怦怦直跳，看看左右两边，我屏住呼吸，一口气横穿过了车道。

"草太！"

总算追上他了。周围没有大臣的影子，草太立在围栏上，一动不动地俯视着桥下。

我随着他的视线看过去，立刻倒吸了一口凉气——下面就是神田川，建在河堤处的电车专用隧道，张着大口喷射出红黑色的浊流。浊流在空中可怕而剧烈地摇荡着，散发出一股令人不快的甜味。无数条发着微光的线纠缠在一起，蚯蚓正从隧道里喷射而出。

"后门是在那里面吗？"

突然，浊流中出现一列电车。银色的车厢平稳地驶出隧道，穿过蚯蚓的身体，跨过铁路桥驶入了对岸的隧道。我绝望地小声说道：

"那种地方，到底要怎么去？"

蚯蚓的身体穿过我们所在的拱桥下，向河流的上游延伸。我回头朝它延伸的方向望去，发现它仰起了镰刀状的脖子。

沿着河堤伸向上游的条状物，前方闪着红黑色的光芒，好似被看不见的手指捏着一样，缓缓伸向天空。乌鸦群也一起朝天空升去。在夕阳的映照下，一条红色的浊流异常美丽地闪耀着。仿佛熔化的玻璃被吹进了一口细细长长的气一般，蚯蚓闪着光朝天空缓缓升去。

"咦？"

上升突然停止了，蚯蚓不动了，刚好停在河堤两岸耸立着的大厦楼顶的高度。它的形状固定住了，似乎在沉思着什么，只有浊流在它体表无声无息地缓缓卷着漩涡。

"啊……停住了？"

"不……"

草太声音颤抖地说。我不禁看向他，发现他正盯着脚下的地面。

"啊？"

我也看向脚下那坚固的石头路面，突然感觉鞋底有震动，便下意识地抬起脚后跟。地鸣？脚下好似有个巨大的东西——一个大得似乎看不到尽头的东西，正发出"嘎吱"的声响。寒意从脚下缓缓爬上身体，我冷汗直冒。回过神来，发现鸟和蝉都停止了鸣叫，只有电车冷淡的声音在这奇妙的寂静中不合时宜地、悠然地响着。

"不行……"

草太自言自语，声音听起来非常痛苦。我朝他望去，就在那一刹那——

地面猛地向上弹起。我被弹上空中几厘米，失去平衡后双膝跪在了地上。桥上的街灯像钟摆一样来回摆动，发出巨大的金属撞击声。这时，口袋里的手机播放出最大音量的警报。那刺耳的、令人恐惧的警报声，同反复播放的"地震了"合成音声混在了一起。与此同时，周围所有人的手机都响了起来，哀号与喧嚣扩散开来。我赶紧掏出手机看屏幕，上面显示着红色和黄色的文字"紧急地震速报·关东内陆·请防备强烈晃动"。

我身体僵硬，可那文字立刻消失不见，警报也停了。周围的手机都不叫了，地面已经不晃了，人群也逐渐安静下来。

"停了……啊，怎么回事?!"

只是地面上下晃动了一下，蚯蚓依旧静止不动。我看看草太，椅子的脸很苍白。

"也脱落了。"

"嗯？"

"第二个要石！"

我忍住没问到底怎么回事。从隧道里传出冒泡般的低沉声音，我即刻从桥上往下看。从隧道生出的蚯蚓，根部正在膨胀。好似胶皮管的头部被一只脚踩住了一般，蚯蚓的根部出现了一个巨大的瘤子，颤悠悠地持续膨胀着。

"全身都出来了！"

草太痛苦地叫着，同时，瘤子破裂了。浊流以迅猛之势从隧道中冲了出来，伴着"咚"的一声地鸣，蚯蚓的尾部全部从隧道里露了出来，巨蛇一般的洪流从桥下横穿。一阵强烈的风扑面而来，猛烈地拍打着我的皮肤。此时，我看到那只白猫骑在洪流之上。

"大臣！"我叫道。

"铃芽，一定要阻止大地震发生。"草太看着那只猫，低声说。

"嗯。"

"我去去就来。"

草太跨出围栏，突然纵身跳下了大桥。

"咦?!草太！"

我尖叫一声，追着他从围栏处探出了上半身。椅子被吸入浊流之中，从桥下穿过。我下意识地转过头，朝蚯蚓流动的方向跑去。我飞冲进车道，右耳传来汽车的急刹车声，左耳响起汽车喇叭声。我无暇顾及，跑得更快了。左耳响起一声急刹车的声音，那辆车随即擦着我的后背驶过。我横穿过车道后跑进了人行道，顺势跳上了围栏，引得周围的人尖叫起来。蚯蚓浊流穿过桥下后，在我眼前猛地抬起了头，朝天空升起。周围的人只能看到站在围栏上注视着天空的我。可我——

"草太，等等我！"我大喊着，从桥上飞身而下，引得人群发出一阵尖叫。

"铃芽?!"

草太被卷在上升的蚯蚓之中，他惊愕地向我伸出了腿，我非常勉强地抓住了。就在这时，蚯蚓加速上升，我的身体也随着蚯蚓一起被拉向了天空。双脚摇摇晃晃，左脚的校服皮鞋脱落，旋转着落向地面。我用右手抓着椅子腿，左手用力地戳进蚯蚓的表面，感觉仿佛握住了温热的米粒。我拼命攥住在手中碎得黏黏糊糊的米粒，我们的身体乘着蚯蚓，穿过乌鸦群向空中升去。我顶着风，拼命地向上提拉自己的身体。

"你——"

总算来到了草太身旁，我蹲下身。

"太胡来了！"草太怒吼道。

"可你一个人去——呀！"

蚯蚓米粒状的身体，表面变得滑溜溜、黏糊糊的，我开始从它上面滑落。

"铃芽！"

他的声音从我头顶离去。我落进了虚空里，视野在旋转，叫不出声的悲鸣涌上喉咙。我看到一条像是支流的蚯蚓分支从下方向我迫近，在它就要越过我时，我伸手抓住了它，但感觉像抓住了黏稠的粥，它一下变得烂糊糊的。我的身体继续往下跌落，视野继续旋转，地上的建筑群反射着夕阳的余晖，在我的视野中反复掠过。

"铃芽，我来帮你！"

声音从某处向我靠近，但我找不到具体方位。

"呀——"

一个东西撞到我的肚子，声音一下断了。是椅子。草太跳下来，向上推我的身体。

我抱着椅子，脚好像踩到了什么黏糊糊的东西。转了几个圈后，总算停了下来。

"没事吧，铃芽！"

"草太！"

我抱着草太，坐起上半身。我们在好似有弹性的冰块上面坐着。刚刚还像果冻奔流的蚯蚓，此刻软软地静止了下来。可以看到它体内流动着泡状颗粒，仿佛冰块下的小鱼群。草太在我臂弯里说：

"蚯蚓的表面不稳定，我们最好不要离开。"

"嗯！"

蚯蚓载着我们向上升去。抬头仰望，只见蚯蚓的头部在夕阳的照射下缓缓地划出巨大的漩涡。

❖ ❖ ❖

那时，看不到的蚯蚓在东京上空蔓延着。

放学了，下班了，人们好像被解放了一般在街上来来往往。

空气里充溢着人的气息和声音，晚餐的气味从四面八方的饮食店和住宅里飘散出来。大街上亮着五颜六色的灯，替换了太阳的光。黄昏时分，人们的生活气息越来越浓，如同反复地涂着彩漆。

人们没有发现，在西沉的红色太阳前方，有一个平日里没有的奇怪东西在晃动。

人们没有发现，在高楼大厦那亮闪闪的窗玻璃上，在停滞不前的汽车的前窗上，在倒入矿泉水的玻璃杯的边缘上，在慢跑的人们经过的皇居护城河河面上，隐隐约约倒映着一个奇怪的彩虹色东西。在楼顶上并排注视着天空的鸟儿们，瞳孔里映射着一道卷着漩涡的巨大浊流。

人们都在高高兴兴地思考着自己的事：接下来和恋人约会的时间，独自享用的晚餐，与朋友约好的见面，接到孩子时孩子的笑脸。

人们几乎开始遗忘了。

忘记了不久之前发生的短暂地震。

忘记了一个少女从桥上飞身而下。

忘记了之后为何从空中落下了一只校服皮鞋。

但是，只有鸟儿和我俩看得到这些。

巨大的红色漩涡在东京上空扩散开来。如同塞住天空顶端的塞子脱落了，红色泥水旋转着被吸进去一般。那个漩涡久久不散，反倒是越来越大，遮蔽了天空，仿佛要将首都整个罩住。

我抱着草太,在那个漩涡上奔跑着。

❖ ❖ ❖

"蚯蚓要罩住整个城市了!"我不由得大声喊道。

我抱着草太,奔跑在蚯蚓上面。现在,蚯蚓的体表凝固成半透明状,我好像踩在有弹性的沥青地面一样。视野的尽头是模模糊糊的地平线,可以看到眼下无数的建筑物。蚯蚓的支流在扩散,似乎覆盖了一切。每一条支流都卷着漩涡,从远处望过来,就像红色的眼睛。无数只闪着光的红色眼睛,冰冷地俯视着东京。

"草太,这个——"

"啊,如果这个落到地上,关东就全都……"

他的声音在颤抖,不知是愤怒还是恐惧。

"现在只能插上要石了。大臣在哪儿?"

我们不知道猫在哪里,等回过神来,已经在朝蚯蚓的中心跑去。蚯蚓卷成一团,身体成了巨大的圆盘状,中心隆起了一个红色山丘。成群的气泡好似在地面上游动的小鱼,被吸入般朝着山丘涌去。夕阳隐在了后方,红色山丘的轮廓在黄昏的天空中朦朦胧胧地闪烁着。我奔跑在美得有些可怕的风景中,如同身在噩梦。

"铃——芽。"

幼儿般的声音突然响起。

我站住了，朝声音的方向抬头望去。从山丘四周长出了好多条粉红色的触手，就像细细的树枝，风儿吹过，每一枝都来回摇摆着。大臣正在其中一条枝上静静地蹲着，它黄色的眼睛正毫无感情地俯视着我。

"蚯蚓落到地面，就会发生地震哟！"

如同幼儿般明亮的声音里，似乎回响着欣喜。

"大臣！""要石！"

我俩同时叫了起来。草太从我手中跳下，开始奔跑。可是，椅子发出了"吱吱"的摩擦声，突然动不了，"咯噔"一声倒下了。

"草太？"我抱起椅子，盯着他问，"你怎么了?!"

"呵呵呵。"笑声在头顶响起，向上望去，大臣的黄色眼眸睁得更大了，"接下来，会死很多人。"

"你——"我抱着草太，跑向树枝的根部，边跑边对猫喊，"你为什么这么做?!你快点回去做你的要石啊！"

"不行。"猫的语气听起来是在训诫我，说我连这种事都不懂，"大臣，已经不是要石了。"

"咦？"

大臣从枝上轻飘飘地跳了下来。悄无声息地落在了椅子的坐面上。它把脸凑近草太，用我听不懂的语言小声说着什么。

"你！"

我试图用一只手抓住它的脖子，可是猫从椅子上麻利地跳了下去。我躬下身想按住它,它一下从我手上溜走了。大臣像在戏弄我似的,在我周围转个不停,却绝不让我碰到它。没办法!

"怎么办啊,草太!"

我上气不接下气地问手中的草太,但他没有回应。

"草太?"

"对不起……铃芽。"

草太缓缓地回答。

"嗯?"

"对不起——"

草太反复地说。我在想,**他为什么要道歉呢?**好奇怪!草太缓缓说道:

"我总算明白了——直到现在才发现——原来我一直不想发现——"

"啊,你等、等一等!"

好凉!我发现拿着草太的指尖好凉。

"现在——"

草太正在变得冰冷,一层薄薄的霜开始在椅子表面蔓延。

"啊?"

覆盖在椅子上的霜越来越厚,接着变成了冰。草太的声音像失去了温度一般,变得平平淡淡。

"被变成椅子时——要石的使命——也转移到了我的身上。"

啊！原来是这样。虽说我的头脑听明白了他的话，我的感情却没有接受，变得混乱起来，甚至愈发混乱。草太的脸——椅子的椅背，被埋在了冰里。

"啊——"他长吁了一口气似的说道，"就这么结束了吧——就在这里——"

"草太？"

他冻住了，原本很轻的儿童椅子变得像石头一样沉重。

"可是——我——"

一个模糊的声音从冻住的椅子传来。

"我——见到了——"

声音中断了。那一瞬间，我抱着的不再是椅子，**也不再是草太**。我的指尖感觉到了，身体感觉到了，但我从心底抗拒这种感觉。

"草太！"

我叫道。不要啊，我在心里想。原本的椅子完全被冰覆盖住了，变成了短短的、尖尖的宝剑一样的形状。

"不要啊！我不要这样！"我喊着草太的名字，喊了好多遍，"草太、草太、草太、草太——"

"他已经不是草太了！"

大臣迈着轻快的脚步向我走来。

"大臣，你——"

我瞪着猫，视野在模糊地晃动着。原来我哭了，泪水扑簌簌地从两只眼睛中溢出。

"不把要石插到蚯蚓上吗?"大臣看着我的脸,它就像个天真无邪的孩子。

"那种事——"

"也就是说,"大臣在我眼前轻轻地坐了下来,"蚯蚓会落下哟!会发生地震哟!"

它这么一说,我才意识到了。

"已经开始下落了?!"

蚯蚓的身体已经变得足够重了,开始朝地面缓缓落下。我感觉云在慢慢往上升,身体也有些失重。

"草太!"

我双手用力,对着曾是椅子的物体大声叫道。

"草太,求你了,快醒来呀,草太!"

"别叫了,已经没办法了。"大臣开口说道,用前脚轻轻地拍着我的腿,"那已经不是草太了。"

我忍不住抬起手,想给它一拳,它轻巧地闪开了。

落下的速度加快了,身体的失重感也增强了。头发被吹得飞了起来,地面越来越近了。

"草太!"我拼尽全力地大声喊道,"喂!我该怎么办才好?!草太、草太!"

"会死好多好多人的。"大臣悠闲地卧着说,黄色眼睛睁得大大的,"就快了哟!"

它原本毫无感情的眼睛里,现在闪动着压抑不住的欢欣雀跃。

不要——我在想,这种事情,我不要再发生。

我看到了,也想象得到,坏事即将发生。不知何时,天已经变暗,星星开始闪烁。地面上的人们朝着各自的目的地走去,走向车站,走在交叉路口,坐在电车上——去和谁一起吃晚餐,在便利店买什么,给谁发信息,和同班同学兴奋地并肩走,牵着最喜爱的妈妈的手走在回家的路上。眼下,晚夏的空气**还**和腐烂的臭味毫无关联,在这格外凉爽的夜里,人们尽情地呼吸着。

我也看到了,在他们的头顶上方,悄无声息地飘浮着一个熟透了的、像王冠一样大张开的火红色巨大果肉。它正在往下落,已经迫近地面了。

我的呼吸变得急促起来,全身颤抖,停不下来。不要,这种灾难,我受够了。

"不要再发生了——"

我喊出了声,心乱如麻。我紧闭双眼,眼泪却决堤般不停落下。我用双手将**要石**高高举起,睁开双眼,用模糊的眼睛看着它。那已经不是草太了,只是一个头部尖尖的冰枪。我又缓缓闭上双眼,把它挥动起来。

"呜哇啊啊啊啊!"

我用尽体内残存的所有力气,把要石向蚯蚓刺去。

❖ ❖ ❖

蚯蚓的中心闪过一道蓝光。

下一瞬间，覆盖整个关东的巨大蚯蚓被压缩成一个点，仿佛被吸进了地面似的，转眼消失不见了。残留下来的只有被吸入空中的地气，但也一下炸裂开，变成如极光一般的、长而明亮的天空波纹，在东京的夜空中闪耀了足足几十秒。闪耀着彩虹色的小雨从天而降，一下将东京的各式房顶洗得干干净净。人们惊叹了，喧闹着，竞相拍下这一刻，不可思议的夜间彩虹让人们的心一时欢动起来。

没人注意到，同一时刻，一个少女正从夜空落下。她失去了意识，筋疲力尽的身体迎着风在空中缓缓转动。就在她的身旁，有一只小猫也在坠落。小猫在落下的同时将爪子伸向少女，靠近她，用小小的身体抱着她的头部，仿佛在保护她。在掠过高楼楼顶，即将坠入地面时，小猫的身体突然变大，变成了比人还大的巨兽，紧紧地抱住了少女。

下一刻，黑暗的水面溅起高高的水花。那是一条被高楼大厦环绕，位于东京中心地带的古老护城河。水面被激起了层层波浪，水声在高耸的石壁上回响，沉睡的水鸟吓得飞了起来。那里很快恢复了原有的平静——没人注意到这件事，夜晚的寂静再次笼罩了周围。

又一次

"咚咚",如同时断时续的节奏,一种挠人心弦的声音再次响起。

"咚咚,咚,咚咚",这是什么声音?

是妈妈准备早餐的声音?是捉迷藏时喊"有人吗"的敲门声?是想让妈妈注意到,我敲护士站窗户的声音?是被海风吹起的小石子,敲打房子窗户的声音?

"咚咚,咚",不,这是木槌的声音。我想起来了,这是那一天——我四岁生日的那天。

我睁开了眼睛。

妈妈在院子里敲木槌。在我家那个溢满阳光的小院子里,妈妈盘腿坐在摊开的纸皮上,正做着什么。木板、木棒、刨子,还有放着碎线头的工具箱摆在周围。

"妈妈,还没做好吗?"

我问道。声音甜美稚嫩,但还不太清晰。

"还没呢,还没呢。"

妈妈唱歌似的答道。金色的阳光勾勒着妈妈的长发,在她长长的睫毛上和比我要圆润得多的嘴唇上,都闪动着金色的光芒,像沾了水滴一样。

妈妈让我站在檐廊上，用卷尺量我的腿长。她用锯子将木棒锯成了几截，再用电钻在木板上开了孔。无论是做料理、开车，还是其他工作，不管做什么，妈妈都能出色完成。

"粉色、蓝色和黄色，最喜欢哪一个？"

妈妈摆出油漆罐，问我。

"黄色！"

我回答道。那时刚好有一只黄色豆粉蝶在妈妈身后飞舞，我觉得它好可爱，才这么回答的。

妈妈"啪咔"一声打开了油漆罐，令人期待的气味飘散在院子里。妈妈把刷子蘸足油漆后，往两块被锯好的、边长三十厘米的正方形木板上刷黄色油漆。亮闪闪的黄色反射着五月的阳光，将耀眼的光芒投向了四面八方。

午饭时，我俩吃了炒乌冬。到下午时，油漆已经完全干了。触碰一下被涂成亮黄色的木板，竟然软软的，好奇妙。妈妈往木板上插上了几根木棒，然后木槌又响起了挠人心弦的声音。

"喂——还没做好吗？"

我有点不耐烦了，一边在花坛里摆小石子，一边不满地说。肚子好饱，迷迷糊糊地想睡觉。

"是呀——"

妈妈好像故意让我着急般说，然后看着我微微笑了。

"做好了！铃芽，祝你生日快乐！"

说完，妈妈把黄色的椅子递给了我。

"哇——"

我高兴地叫出了声。好开心，可接下来不知道该说什么了。那把椅子只是在四角形的背板和坐面上插了木棒而已，形状十分简单。幼小的我，那时一直期待着有点戏剧性的惊喜。

"妈妈，这个宝宝的脸，在这儿？"我指着背板说。

"咦？这是椅子哦，是铃芽专用的！"妈妈苦笑起来，"等一下。"

她拿起椅子，稍稍想了一下，用铅笔在背板上画了两个圆，再从工具箱拿出刻刀，开始在背板上刻槽。刻完后，用砂纸将那两个凹槽打磨光滑，又往那里刷上了油漆。这样一来，椅子背板就变成了一张脸，上面有一对水汪汪的眼眸。

"给你。怎么样？"

"哇！"

这次，我发自内心欢呼起来。有一双眼睛的黄色椅子，长着一张马上要说出话的面孔，看上去好像很想和我成为朋友。我的困意和无聊感，顿时消失得无影无踪。

"铃芽专用的！"

我坐到椅子上，大小刚好合适。我反复念叨着"专用的"！

"妈妈，谢谢！"

我在椅子上坐着，朝蹲在一旁的妈妈扑过去，抱住了她。我们两人加一椅抱在一起，滚倒在院子里。

我坐在妈妈身上，自信满满地宣告：

"我一定——会一生都好好爱惜它！"

"一生?!那妈妈就做得太有意义了！"

妈妈笑了，我也开心地笑了。我们的笑声，那天院子里的阳光，从海岸传来的波涛声，甚至偶尔响起的黄莺的鸣啭声，如今都是那般清晰。明明曾经遗忘过，以为自己已经不记得了，但这些记忆都在我心中复苏了，鲜明得甚至让我有些害怕。

我依依不舍地眷恋着这段温暖舒适的小睡，从梦中缓缓醒来。

* * *

风在耳边轻轻鸣响，缓缓流动的水声混杂在风中。

我睁开眼睛，周遭一片黑暗。高高的头顶上方，闪着略带蓝色的微光。光实在太弱了，看起来模模糊糊，让我不确定自己是否睁开了眼睛。我有些不安，便用力地眨了几次眼。

不久，我就习惯了黑暗，眼睛开始捕捉周围的模糊景象。天花板有四五层楼那么高，上面有奇怪的凹凸形状，就像把巨大的积木拼在了一起。这里到处都是直线形的缝隙，从中隐隐约约露出淡淡的光。若说这是人工建筑，好像缺少了秩序，若说这是天然洞穴，又好像形状太规整了。我仰卧在这个巨大的空间里，感觉贴着背部的石头地面有点潮湿。

我嘟哝着坐起了上半身,将手伸进短裤的口袋,掏出了手机。衣服的摩擦声居然好大,就像在隧道里一般。

"这里是……"

我按了一下手机的侧键,液晶屏亮了,有些刺眼,我不由得眯起了眼睛。打开地图,地形显示得比平时稍慢了一点。整个屏幕都是河流,我现在所处的位置就是河流的正中间。

"我在——河流下面?"

我想看看周围的情况,用手指将地图缩小一点。画面随即消失了,换成了提醒充电的红色电池标识,不过也很快消失了。

"啊——"

电池完全耗尽了,我长叹一口气。我的大脑混混沌沌,好似装满了糨糊,梦的余响还在耳畔残存。我呆坐在湿漉漉的地面上,缓缓地打量四周。

"啊……"

远处有道小小的亮光。几条通道从我所在的空旷空间里向外延伸,其中一条的深处闪着淡淡的蓝色光亮。

"草太?"

我不禁低声说道。用力站起来后感觉不对劲,这才发现左脚的鞋子没了。

"怪不得……"

我朝着亮光走去,慢慢回忆了起来。在随着蚯蚓上升时,我的一只鞋掉了。接着,我又想起自己将椅子——不,是要石——刺向了蚯蚓,蚯蚓随即消失,我从空中落了下去。然后——

穿过那条通道,我被眼前的光景吓得倒吸了一口凉气。

那里是废墟,地下空间里有一片属于古老时代的废墟。

"这到底——"

废墟由木材和石头构成。屋顶全是瓦,柱子是木制的,墙壁都是石头砌的。中央孤零零地立着一道巨大的城门,整个废墟中只有它还保持着原有的形状。城门有两扇对开的门板,门里是一片星空。

"是东京的后门?"

我赶紧跑上前去。城门周围积着浅浅的冷水,脚踩在水上,发出"啪嗒"的响声。

"啊!"

站在城门前的我惊叫了一声。城门里闪烁着耀眼的常世星空,星空下可以看到一个漆黑的山丘状剪影,顶上插着一个小小的东西。

是椅子。

椅子腿牢牢地插进了已经成为黑色山丘的蚯蚓身体里。

"草太!"

我跑了起来。那座山丘明明看起来很远,却感觉触手可及。我跑着靠近它,进了城门,刚以为自己来到了山丘脚下——

"啊?!"

那里依旧是黑暗的废墟。我转过头,发现刚刚穿过的城门还矗立在原地,门里面依然是常世。这与最初在九州拔出大臣时的那个门一模一样。

"进不去!"

可是,看得到啊!他离我这么近。我又跑了起来,但穿着鞋的那只脚绊了一下,我摔倒在水中,又冷又涩的水进了口。我立刻站起来,吐出嘴里的水,将右脚的鞋甩掉,只穿着袜子再次跑了起来,穿过那扇门。

不行,还是跑到了废墟里。我回过头,草太依然在门里那座黑色山丘的顶上。

"原来他在常世……"

我绝望地自言自语。可是,可是,**我能看到他在那里啊**。

"草太!"我叫道,"草太、草太!"

没有回应。我的双腿没了力气。

"草太——草太!"

我站立不住,双膝跪在了水中,喊出的声音几乎变成了呼气。

"草太……"

"铃——芽。"

突然,我听到一个孩子的声音。我仿佛被那声音敲打了一下,朝声音传来的方向望去,只见黑暗中有一双圆圆的黄色眼眸闪着光。水声有节奏地响着,一个竖着尾巴的影子走了过来。我跪在水中,它的身体在我的大腿上来回蹭着。我发出了一声无力的悲鸣。

"铃芽，终于只有咱们两个了。"

"大臣！"

我站了起来，想逃开它那白色的毛发。

"都怪你——"我怒上心头，"把草太还给我！"

"不可能。"

"为什么?!"

猫闪着无情的眼眸，却用天真的声音说：

"他已经不是人了。"

"啊！"

我弯下身体，两手抓住了大臣。

"哇！"大臣开心似的叫出了声。

"把草太还给我！"我怒吼道。

"铃芽，好疼啊。"

好甜的声音。我抓着它的手更用力了。

"还给我！"

"都说好疼啊，铃芽。"

"你这个——"

猫柔软的身体又小又脆弱，我再用些力气，它肯定会全身骨折。大臣嘴里发出"喵喵"的轻柔悲鸣声，听起来有些痛苦。

"你不喜欢吗？不喜欢大臣吗？"

"啊？"

我是不是听错了？

"怎么可能——"

"你喜欢，对吧？"

"最讨厌了！"

我一边大叫，一边举起抓着它的双手，猫再次发出惨叫。我想捏碎它的身体，折断它的骨头，然后把它用力摔到冷水中——我的脑海里迅速掠过这种想象，一种真实的触感清晰地出现在了手上，施暴的快感和之后可能产生的愧疚令我不寒而栗。紧紧握着的手中，一颗小小的心脏在拼命地跳动。

不行——我泄了气，我做不出来这种事。高高举起的手臂好沉重，无力地垂了下来。我松开手指，放开了猫。大臣落在我脚下的水中，它四脚站稳，仰望着我，像是在观察我的神色。

"你走吧……"

我说道。眼底有些令人不快的潮热，我又哭了。

"别再和我说话……"

"铃芽……"

大臣抖动着整个身体，突然瘦了下去。它原本圆润的身体仿佛被抽干了空气，眼睁着干瘪成了皮包骨头，眼睛也陷进了眼窝。它变得寒酸丑陋，好似一只生命早已到了尽头的老猫。

"铃芽——"它的声音也变得沙哑了，"不喜欢——大臣……"

大臣就这样步履蹒跚地走开了，小小的脚步声在我的背后渐渐远去。

后门前，只有我一个人了。怎么办才好呢？

气恼、不安、痛苦、难过，而且孤独。我不知道接下来该怎么办，**下一步**应该做什么，我完全没有头绪。一分钟后，五分钟后，我该思考什么，该去哪里，该做什么，我什么都想不出来，泪水不停地滑落。我在原地一动不动地站着，直到泪水停住，浸在冷水中的双脚已经麻木得没了知觉。

* * *

仔细望去，城门上到处都留下了蚯蚓的残渣。门板上有好多细细长长的痕迹，如同被碾碎的一串串米粒，此刻还隐隐约约闪着红黑色的光。蚯蚓从这里出去，最后又回到了这里。

得关上它才行，我心想。

我用双手去推其中一扇厚重的木门，起初它纹丝不动，后来"吱吱呀呀"地慢慢动了。但我稍微缓缓劲儿，门就变得像一堵石头墙，完全不动了。看来想要推动它，得用尽全力才行。我把两个手肘抵在门上，低着头，使尽全身力气不停推着。我大汗淋漓，用力蹬地面的脚底渗出了血，透明的水被我的血渐渐染成了茶色，可我只是木然地看着这些。大概用了半个小时，总算把两扇门都关上了。我累得手脚发麻，身体像被抽空了一样精疲力竭，差点倒在水中。

来了好几个深呼吸后，双腿好像有了力气。我紧紧握住挂在脖子上的闭门师钥匙，然后闭上眼睛，开始想象这个废墟里曾经发生过的一切——

很快，手中的钥匙有了温度，它好像会呼吸一般。不知从哪儿传来了轻微的声响，似乎是男女交谈的耳语，但微弱得像是吹过房屋间的细细风声。即便如此，从钥匙上发出的光芒凝聚在门的表面，绘出一个轻轻晃动的锁孔，锁孔呈现出三瓣叶子圈成的圆形花纹。我将钥匙插了进去，再一次在心中发誓——我一定会去帮你。

"在此奉还！"

我大声喊道并转动钥匙，感觉好像有什么东西被牢牢锁住了。

跟随风的流动，我朝着与来时不同的方向走去。风力很小，但一直吹向一条缓缓的上坡道，原本濡湿的地面在这里变成了干爽的岩石。我所在的地下空洞明显是人挖成的洞穴，无论是墙上还是天花板上，都延伸着很多直线条，像是用某种工具削出来的。地面和墙上的好多地方，都隐约残留着用墨水写成的文字样的东西。细弱的光亮从天花附近的狭小缝隙间透了进来，仿佛淡淡的月光在映照大地。现在几点了？是早晨，还是晚上？我完全猜不出。在冷水中冻麻的双脚，现在如同被烫到了，一阵阵刺痛。千果给我的白色袜子，不知何时已经变成了干血般的红黑色。

我一直走着，发觉周围的墙壁在一点点地变化着。满是凿痕的石墙上，开始混进了用砖加固的痕迹，接下来又能看到水泥斜面。脚步声的回响也变了，我还看到了生锈的铁制扶手，还有连着的水泥台阶。

我登上了一条狭窄隧道中的台阶。台阶向前笔直延伸，中途不时会出现一个大平台。我会坐在平台上休息一下，茫然地望着天花板上那堆胡乱纠缠在一起的细管子，等脚痛消散之后再往前走，就这么反反复复。我无法去思考什么，也什么都不想思考，只是麻木地一直爬台阶。不久，冷风中开始混杂着某种不同于之前的臭味，是曾经闻惯了的、应该熟知的一种气味。尽管如此，我却怎么也想不起来那是什么。是汽车尾气——我总算想起来了，同时看到头顶上有一个小门。

我转动铁制的圆形把手，打开了小小的钢制门，眼前出现了川流不息的汽车。我从墙上探出上半身，战战兢兢地打量四周，原来这里是微暗橙色灯光照射下的汽车专用隧道。隧道两侧的墙壁上装着绿色的引导灯，还有写着SOS字样的紧急电话。隧道出口在大约两百米的前方，闪着白色的亮光。我扶着墙壁，在大概是检修用的狭窄通道上快步行走。每当有车擦身而过，司机都会诧异地望着我。看到我在本该没有行人的隧道中穿行，有人惊诧地张大了嘴巴，有人难以置信般眯起了眼睛，还有人用责怪的眼神瞪着我，也有人拿出手机把我拍了下来。离出口的亮光越来越近了，习惯了黑暗的眼睛就像被刺到了一般开始发痛。可我毫不在意，加快了行走的速度，脚上的疼痛也在不知不觉中消失了。

隧道出口处连着专供工作人员使用的灰色铁梯，我爬了上去，脚底在踩过铁板后踏上了草地。梯子的最上头是一块堆放建筑材料的小小空地。清晨的刺眼阳光射进了眼睛，我含着眼泪眺望远处的风景——铁栅栏的对面、遥远的地平线上，密密麻麻地排列着四方形的高楼大厦，朝阳好像才从高楼的缝隙间升起来没多久。

"这里是？"

我盯着前方，喃喃自语道。

眼下是一条巨大的护城河，里面蓄满了深绿色的水。河堤是如城墙般巨大的石壁建成的，上方生长着大片的茂密森林，郁郁葱葱。有着白色墙壁和黑色瓦顶的房屋，看起来就像低矮的城堡，稀稀落落地散布在森林之中。这片古老的森林被在朝阳下闪耀的现代化建筑群包围着，仿佛被时间遗忘了。尽管我是刚来东京，但也知道这个地方。

"皇居——"

我总算知道了，自己之前一直在哪里的地下。

白头鸭尖声鸣叫着，叫声似乎划破了清晨的空气。我仰望天空，今天的天空也蓝得毫无意义，傻愣愣的。

第五日

你唯一能进的门

沐浴在清晨阳光中的自己,模样糟糕得让人惊诧。

我全身都是泥和擦伤,衣服到处都破了,牛仔夹克的肩头脱了线,袖子也快要掉了,袜子上面沾着血迹和泥巴,那脏兮兮的颜色还是头一次见。不过又有什么办法呢?想买衣服和鞋子却没有现金,手机的电也耗尽了,而且一大早的,商店也没可能开门啊。对我这个没有方向感的人来说,真搞不清楚这里是哪一带。

起码得收拾一下吧。我在建筑材料放置场的一侧认真地抠掉了粘在衣服上的泥巴,用手整了整头发。接着,我爬上与护城河相反方向的铁栅栏,下到了人行道上。一个刚好路过的工薪族男子惊讶地望着我。不过他没出声,只是转头瞄了我几眼就径直走开了。

我旁边的车行道,就是名为"内堀道"的非常普通的道路。我进了附近的便利店,将手机插进设置在窗边的免费充电角。我就这样站在店内的一角,一动不动地等着手机充电。这时,一个年轻的男店员和我的视线交汇了,他皱着眉头看了我一会儿,最后默不作声地回了店的后部。

又过了一会儿,有两个和我年龄差不多的女高中生进了店。她们看到我,隔着几米远就站住了。两人把脸凑到一起,叽叽咕咕地说"她没穿鞋啊""糟啦，那不是血吗""是不是被虐待啦，要不要跟她打个招呼啊"之类的。能听到她们低低的谈话声，好像是真的在担心我。正当我开始思考，万一她们跟我搭话，我该怎么回答时，一个小小的电子音响起，手机的液晶屏亮了。我赶紧拔掉充电线，大步走向货架，将一个充电宝拿在手中，去收银台用手机付了钱。接着，我轻轻点头，快步从她们面前走了过去。我很开心她们会担心我，但我不想跟她们说什么。

接下来去哪里，我已经决定好了。我在连着充电宝的手机上打开地图，查找前往御茶之水车站的路线。

离草太公寓最近的医院是一所大学医院，在一栋高得需要抬头仰望的大厦里。从人行道到医院入口是一条宽敞平缓的斜坡。尽管还是一大早，但像是来上班的人已经在门口三三两两地进出了。我看准保安离岗巡视的那一会儿，一溜小跑进了大楼。在天花板很高的医院大厅里，附设的咖啡店还未开始营业。我乘坐自动扶梯上了二楼，但那里没人，门诊窗口的闸门还关着。我看了一下指示牌，为了不被人发现，就悄悄爬楼梯上了病房所在的楼层。在左右都是病房的走廊上猫着腰快速走着，我的目光从放在房门一侧的金属姓名牌上匆匆掠过。

刚开始在第二个楼层寻找时，就看到了写着"宗像羊朗"的金属牌。我在嘴里确认似的念叨了一下**宗像**这个姓，便伸手抓住了推拉式房门的门把手，用力一拉，在稍稍感到了一点阻力后，门就顺顺溜溜地开了。

* * *

病房中有点暗，医院特有的气味在这里愈发浓烈。

酒精消毒液、洗好的床单、礼节性的花束，空气中还飘浮着人体长时间待在一处所散发的味道。在这种混合气味中，"嘀嘀嘀"，生命体征监视器传出轻微而又富有节奏的电子音。

这是一个双人间，靠门的那张床空着，窗边的床上躺着一个高大的身躯，他睡着了。我一眼就认出来了，他就是宗像老人——草太的爷爷。

太像了，无论是挺拔的鼻梁、俊秀的额头，还是额头下方那两排长长的睫毛。草太那张烙印在我脑海中的帅气面孔，简直和这位老人一模一样。只是，类似草太身上那种顽强的生命力，已经悄然从老人身上褪去。

老人的脸上镌刻着深深的皱纹，脸色也苍白得像纸一样，扇形般散在枕头上的长发，还有眉毛和睫毛，都色白如雪。他的左手食指上戴着一个夹子状的小型仪器，手背浮出的细血管也几乎没有血色。从病号服中露出的脖颈和锁骨都深深地凹陷了下去。在床上安静沉睡的老人，让我想到了身负重伤、濒临死亡的大型野生动物。

突然，一个低沉嘶哑的声音响起。

"草太搞砸了吗？"

我惊讶地瞪大了眼睛。原来，是宗像老人闭着眼睛说了一句话。

"对、对不起，我擅自闯了进来！"

我赶紧解释。看来他没有睡着，或者是我把他惊醒了。

"那个，我听草太说爷爷住院了，所以——"

"啊……"

也不知是回答还是叹息，老人长长地喘出一口气，然后慢慢睁开了眼睛。他望了一会儿天花板后，缓缓地移动视线，看向了我。

"你也被卷进来了？"

那声音也和草太像极了，沉稳而平静。注视着我的眼眸也和草太一样透着微微的蓝色，但白眼珠上的血管泛着明显的红色。

"我的孙子，怎么样了？"

"啊……"我不由得低下了头，"他变成了要石，去常世……"

"是吗……"

爷爷低声说着，听起来像毫无感情的喘息声。他努力转动头部，朝半拉开的窗帘望去。

"昨天，从这扇窗又看到了蚯蚓。我也想赶过去，可我太老了，身体怎么都不听话了。"

"啊，所以——"

我靠近爷爷的枕边，说出了一直想知道的事。

"所以，我想知道进入常世的方法！"

"为什么？"

"咦……"

他问为什么？

"因为，我必须去救草太！"

"你不要插手。"

"嗯？"

"在接下来的几十年里，草太都得做寄宿着神灵的要石。我们这些现世之人是帮不了他的。"

他断定似的说道，好像在宣告什么一般，让我不禁后背发凉。

"你可能不懂，那其实是人可望而不可即的荣誉。虽说草太不是个出色的弟子——是啊，他在最后关头显示了自己的决心……"

说完，爷爷就眯起了眼睛，就像天花板异常耀眼一般。

"那……"我忍不住弯下腰，大声喊了出来，"那就没有别的办法了吗？"

"你是想白费草太的心血？"

爷爷面无表情，像是在教训我一样缓缓说道。

"咦？"

"是谁将要石刺入蚯蚓的？"

"咦，啊，嗯……"

"是你把草太刺进去的吧？"

"嗯，那个……可是……"

"请回答我！"

爷爷突然提高了声音。

"是我！"

我被迫似的答道。

"是吧，那就好啊！你不刺进去，昨晚就会死上百万人。是你阻止了地震的发生，请将这件事作为你一生的荣耀刻在心上，闭上嘴巴——"

爷爷的语调越来越强烈，声音仿佛震撼了空气。他继续大声说：

"回到你原来的世界去！"

在他狂风一般的威严之下，我不由得后退一步。爷爷长长地呼了一口气，好像讲累了一样再次闭上眼睛，但他脸朝上对着天花板，平静地说：

"这不是凡人能做到的事情啊。你把这些都忘了吧。"

我默默地站在原地，心怦怦直跳，脸颊像被火烤了般热辣辣的。我深深地吸了一口气：

"我不可能忘掉。"

我压抑着自己的声音，小声说道。

突然，我气恼了。

"我再去开一次地下那扇后门。"

我对一直闭着眼睛的爷爷说完，就朝病房门口走去。我心想，想依靠别人的自己真够傻的，这可是我和草太两个人的战斗。

"你说什么？等等！"

爷爷在我背后大声喊道。

"你打开后门，要做什么?!"

"想办法进去。"

"不行，从那里进不去的！"

我不想理他，打算就此离开，随即抓住了门把手。爷爷在我背后怒吼道：

"不许打开后门！"

一吼完，爷爷就开始剧烈地咳嗽起来，气管像堵住一样发出巨大的声音。我吃惊地转过了头，发现他的身体在痛苦地痉挛着。我下意识地跑回他身边，可并不知道该怎么办，只能呆呆地立在床头。爷爷上半身剧烈地抖动着，他按下了拿在左手的遥控器按钮，伴随着一阵低沉的马达声，医用床缓缓抬起了他的上半身。咳嗽渐渐止住了，刚才生命体征监视器发出的急促电子音，也恢复到了原来的速度。

坐起了上半身的爷爷，缓慢而悠长地吐了一口气，双眼依旧紧闭，脸颊上满是汗水。他没有右臂——他的病号服从右臂往下都是空的，轻轻垂着，我直到现在才发现。

"常世很美……但它属于死者。"

爷爷说道，他剧烈地喘息，胸膛仿佛鼓风器一般上下起伏着。

他的声音恢复了那种从容不迫的威严，眼睛也睁开了。他用充血的眼睛直直地望着我：

"你，不怕死吗？"

这个问题，让我不由得想起了草太的声音。那时——在爱媛，在神户，我们曾是战友，所向披靡。我们在无人知晓的情况下，做了只有我们才能做到的事情。我们甚至在天空的最顶端一起留下了**标记**。

"一点也不怕。"我盯着爷爷说道。

"生也好，死也罢，都只是命运，我从小就这么想。可是——"

可是，可是现在……

"没有草太的世界，我很害怕！"

我双眼深处热乎乎的。眼泪又要溢出来了，但我已经不想再哭了，用力闭上了眼睛。

"哈！"爷爷又突然用力地吐了一口气，"哈哈哈哈！"

爷爷大声笑了，那是一种发自心底的愉快笑声。从那个干枯的身体里迸发出如此洪亮的声音，让我感到惊讶。我不明白是什么让爷爷感觉如此可笑，只得张着嘴巴注视着他。

"哈哈哈，哈哈，哈……"

笑了很久之后，爷爷像是笑够了才停下。他嘴边残留着一丝笑意，小声说道：

"人能够进入的后门，一生只有一个。"

"咦——"

"你在后门里看到过常世，对吧？在那里看到了什么？"

"我想想，那里——"

突然被问到，我就慌忙在记忆中搜索，可越是想要记起，常世的风景就像海市蜃楼一般离我越远。可是那里，我见过无数次的那片星空和星空下的草原——走过的那个地方——在那里遇到的是……

"是小时候的自己……和已经去世的母亲……"

爷爷轻轻地点了点头。

"不同的人会看到不同的常世。有多少人的灵魂，就有多少个常世，但那些常世又是同一个常世。"

爷爷似乎在确认我是否把他的话铭刻在心，继续缓缓说道：

"你大概在小时候无意中闯入过常世吧。还记得吗？"

这个问题好像一下打开了我的记忆，梦中的光景浮上心头。下着雪的夜晚——我一人走在冰冷的泥泞中，而积雪的瓦砾里兀立着一扇门。稚嫩的手推开门把手，前方是一片耀眼的星空。

爷爷一动不动地盯着我的脸，仿佛在探索什么一般，接着用和草太极其相似的沉稳声音说：

"那扇门，就是你可以进入常世的唯一后门。去寻找它吧。"

随即，老人闭上了眼睛，紧紧地合上了周围满是皱纹的双唇，这是在无声地说"请回吧"。他不再说话了，但是我看到，他的嘴角挂着一丝轻微的——真的只有几毫米的微笑。

我对着爷爷站直了身子,向他深深鞠了一躬,然后悄无声息地离开了病房。

出　发

一打开公寓的门,就闻到了草太那令人怀念的味道。那是一种如遥远国度般的、一味憧憬却难以企及的味道,令人内心苦闷。就在一天前——不,是大概十四小时之前,我还和他一起待在这个房间里,现在却恍若隔世。

八张榻榻米大小的书房一片凌乱。原本随意堆在地上的书倒了一地,放在书架上的书有一半也散在了榻榻米上。从开着的窗户吹来的风翻动着这些书的书页,发出"沙沙"的声音。都是蚯蚓造成的——我发觉自己慢慢地记了起来。要石脱落那一瞬间发生的上下晃动,破坏了这个房间曾有的微不足道的秩序。

我得先洗洗澡。

厨房的一侧有一个小洗脸池,往里走就是浴室。浴室里有淋浴,还有一个非常小的浴缸。我脱掉千果送我的衣服,认真叠好后放在了洗衣机上。我走进浴室,打开淋浴头,用热水从头开始洗。头发硬邦邦的,以前从未这样过,而冲过身体的水变成了脏兮兮的黑色。

我花足了时间清洗头发和全身，直到流到瓷砖地板上的水变得透明。接着，我开始处理脚底。两只脚底上都有好几处深深的割伤，我用手指蹭掉脚底的血迹，又将指甲尖伸进伤口，小心抠掉了卡在里面的小石子。这下痛得我眼泪渗出了眼角，我咬紧牙关，可依然感觉到锥心般的疼痛。

浴巾叠得整整齐齐的，收在了洗衣机上方的小架子上，放着药的塑料盒子也摆在上面。洗发水、肥皂、牙刷、剃须刀，还有整发液等，都被整理收纳得很好。我心想，他真是个像样的大人啊。可所有的这些整齐物品，都让我觉得特别难受。我拿了一条浴巾擦了全身，用盒子里的创可贴贴在脚底的伤口上。

我穿着内衣，用风筒吹干了头发。千果给我的衣服已经破破烂烂了，得换上别的衣服才行，我就从运动包里取出了校服，穿上白色衬衫、深绿色裙子还有深蓝色袜子，把红色领结也紧紧地系在了胸前，再用橡皮筋把头发扎成了一个高马尾。

回过神来，我才发现自己和从九州出发那天穿着同样的衣服，梳着同样的发型。但是，有些东西已经从我的身体里彻底消失了，一直将自己与世界维系着的**镇石**般的东西彻底不见了。就好像外表没有变化，体重却减轻了一半——又好似身体只是灌入空气才变大了一般，总之心里的那份踏实感没有了。

我还在气恼。被随意给予，被单方面强加过来，又被毫无道理地夺走。我心想，**还要再来一次吗？**别拿我当傻瓜！我真想怒斥这个世界的主宰者，或是那些神灵。瞪着洗脸台镜子中映出的那个稍稍消瘦的自己，我轻轻地骂出了声"别拿我当傻瓜"。可是，那个声音像要哭出来一般颤抖着，连自己都觉得没出息透了。

出门前，我将散了一地的书大致收拾了一下。因为不知道按什么顺序摆在书架上，我就将四处散落的书收好后，在地板上堆到和膝盖差不多的高度，然后关上窗，拉上了窗帘。

"借你的鞋穿一下，草太。"

我自言自语着，将脚伸进草太搁在玄关处的黑色工作鞋里。有些大，我就用力系紧了鞋带，像是绑在脚上一样穿上了那双大鞋。最后，我锁上公寓的门，朝车站走去。

才刚过早晨八点，街上总算开始出现上班和上学的人群。我默默地走进前往车站的人流中，心里在掰着手指计算，一、二、三……

第五日。

这是与草太相遇后的第五日早上。

* * *

我打算先去东京站，在那里换乘新干线。要去那里的话，已经没必要再看手机了。

我走在神田川沿岸的人行道上（昨天，蚯蚓就出现在这边河堤的上空），在路口拐弯，穿过一座大桥后就到了御茶之水站。刚好是人流高峰时段，站前挤满了各个年龄段的人。

"喂，你等等！"

我正要爬上通往检票口的斜坡时，旁边传来一个声音。不过，这肯定不是叫我，因为我在这里没有一个认识的人。

"小铃芽！"

"咦?!"

我不禁转头看过去，只见站前的停车点停着一辆大红色的敞篷跑车，驾驶座上的男子正盯着我。

"芹泽?!"

是昨天来公寓的、似乎跟草太相熟的那个男子。他披着一件黑色夹克，红色V领处挂着一个叮当作响的银色饰品。

"啊，你怎么——"

"你要去哪儿？去草太那儿吗？"

他打断我的话，从圆眼镜透出不高兴的眼神盯着我。我不知道他怎么会出现在这里，但就算他不高兴，我现在也不会示弱。

"去找一扇门。"

我用他听不见的声音，小声地回答道。

"啊？"

"对不起，我得赶紧走。"

我转过身去。

"喂，等等！我找你好久了——"

他在车上伸出手，从后方抓住了我的手臂。

"咦?!怎么了?!"

"你说你是草太的表妹，骗人的吧？"

"跟你没关系吧？放开我！"

"坐上来！"

他继续抓着我的手臂说。

"啊？"

一旁经过的上班族，都不时朝我们这边张望。

"为什么我——"

"你是要去草太那里吧？不管去哪儿，我都送你去。"

"为什么要你送啊？"

"担心朋友嘛。不好吗?!"

他直视着我的眼睛，认真地说。朋友，这个词一下把我搞糊涂了。当然，草太也有自己的朋友。朋友没来参加重要的考试，换作我也会担心的。可假如不是关系特别好的朋友——

"啊，在那儿！"

这次是从检票口方向突然传来一个声音。嗯，这个声音——啊?!

"环姨?!"

"铃芽！"

环姨拨开检票口前的拥挤人群，向我猛冲过来，让我不由得怀疑起自己的眼睛。她穿了一件蓝色针织衫，围了一条淡粉色丝巾，挎着一个大手提包，一副成年人休息日时出门的打扮，可瞪大的眼睛里满是血丝。

"咦，为什么?!"

"啊，太好了！我找你找得好苦啊！"

环姨用几乎要哭出来的声音说道，一下子从芹泽手里把我拉过来抱住了。

"你，不要再靠近她！否则我叫警察了！"

"啊！"芹泽惊讶地看着我，"谁?!你老妈?!"

"这个男的就是来过家里的那个？你肯定被骗了！"

"啊？"

我和芹泽都糊涂了。环姨好像随意得出了一个结论，拉起我的手就往检票口走去。

"好，回家了！"

"等、等等，环姨！"

"好了，快点啦！"

我站住甩开她的手。

"对不起，环姨，我不能回去。"

说完，我交替看了看目瞪口呆的芹泽和红色的敞篷车。没办法，我只能拉开车门，迅速坐到了芹泽身旁。

"芹泽，快开！"

"啊？啊，哦，哦。"

芹泽回过神来，转动了车钥匙，引擎顿时发出极为拉风的声音。

环姨跑上来，眼睛里布满了血丝，她很可能会叫来警察。

"芹泽，快点！"

"听话，铃芽！"

穿着阔腿裤的环姨抬起一只腿，一脚踩在了敞篷车的车门上。

"哇?!"芹泽大惊失色。

"我不会让你一个人走的。"

她跨过车门，像是跌进车里似的，一屁股坐到了副驾驶位上。

"喂，环姨，你下车！"

"铃芽，你到底想干什么？这算离家出走吗？"

"我不是一直在用LINE跟你联系吗？"

"你只是标个已读而已！"

我俩叽里呱啦地吵了起来，芹泽则说"喂，你们冷静点"，而经过的上班族们都皱着眉头低声说着什么。

"在争风吃醋吧。""三角恋。""是男公关跟客人吧。""吵得真热闹啊。"

我想大声否定，可就在那时，**一个小孩子的声音**从后面传来，喊着"吵死了"。我下意识地回头看，只见后排座位上蹲着一只小猫——大臣。它还是那副骤然消瘦的模样，正转动黄色的眼眸，一动不动地注视着我。

"猫说话了?!"

芹泽和环姨在我两侧同时喊了出来。

"咦？"我瞬间摆出了笑脸，"怎么可能说话呢？"

"哦——"两人看看对方，再看看猫，又异口同声地说，"是啊！"

"嗯，猫不会说话，确实是啊。""嗯，猫是不会说话的嘛！嗯。"他俩各自小声嘀咕着。我不想他们对这件事想太多，赶紧摆弄起方向盘一边的导航仪：

"与其在这里待着，不如——"

我输入了一个地址，然后按了确定键，合成语音不合时宜地响起"目的地已经设定"的声音。

"芹泽，那就请去这里吧！"

"咦——"芹泽瞅着导航仪，"啊，好远！"

"你说过，去哪儿都行啊？"

"啊，你，可是这里……"

环姨也惊讶地看着导航仪的画面。我从两个人之间穿过，坐到了车后座。这下不能叫警察，也不能带我回九州了吧！我不了解芹泽是个什么样的人，但他说过要送我，就让他这么做好了。至于环姨，如果她不想我一个人去，那就跟我一起吧。大臣现在在想什么呢？它已经在座位的一角卧下了。

随便吧！大家爱怎样就怎样吧，反正都和我无关。我要去找我的后门。我一边系安全带，一边对芹泽强调道：

"拜托了,我必须去那里!"

"不会吧……"

他盯着我的眼睛看了一会儿,绝望般吁了口气,接着松开手刹,小声说:

"这么远,今天根本回不来啊。"

* * *

汽车从车站前出发,在宽敞崭新的道路上行驶了一会儿后,便穿过收费站,进了首都高速道路。车速加快了。

没人说话。

芹泽沉默地握着方向盘,环姨不开心地盯着车外的街景,大臣在我旁边的座位上蜷着身子沉睡着。风毫无遮挡地吹进了敞篷车,还有车子在猛烈加速,我的身体仿佛一直被紧紧地摁在座位上。九月的清晨,碧空如洗,风中带着一些潮湿的气息。

我缓缓闭上了眼睛。

汽车一驶进高速路两侧大楼的阴影里,眼睑里就会跳出模模糊糊的奇怪图形。我盯着这些东西,感觉堆积在心里的各种情绪也都随之模糊起来。气恼变模糊了,焦虑变模糊了,寂寞也变得模糊不清了。与此同时,全身紧绷的肌肉也都失去了力气。只有现在,我溶化在这种模糊的感觉之中。只有此刻,我允许自己闭上眼睛,放松身体，让各种情绪变得模糊不清。只有此刻，我将一切交给一个不认识的人，由他开车带着我，由着他加速飞驰。等醒来时，我大概会面对某些东西，并要与之战斗。仅仅几个小时后，我肯定得面对某些东西，可只有此刻——

这么想着想着，我仿佛被拖进了温热的泥里一般，昏昏沉沉地睡着了。

要找的东西是什么

芹泽好像难以忍受这种沉默，开始播放音乐——我是在之后听说的——就在我睡着后不久。他拨弄着固定在方向盘一侧的手机，随即从装在两个车门内的大喇叭里传出欢快的鼓声和吉他前奏，一个声音嘹亮的女主唱开始了歌唱。

"为了见那个人的妈妈，我现在一个人去乘火车——"

这是几十年前日本的一首流行歌曲。芹泽用握着方向盘的手敲着节奏，还高兴地跟着歌曲一起唱。

"黄昏来临的街道和车流，瞟上一眼，追上去——"

"好吵啊！"

环姨狠狠地瞪着这个来路不明的年轻男子，低声自言自语道。

"哎呀，动身出门时，都会唱这首歌吧？何况还有一只猫。"

"啊?"

"那只猫,是小铃芽的?"

"我家没养猫。"环姨被问得莫名其妙,不高兴地回答道。

芹泽一只手伸进仪表板里,从钱包取出一张卡片:

"我叫芹泽,是你女儿的朋友的朋友。大概吧。"

环姨捏住芹泽递过来的卡片,原来是张学生证。照片上的芹泽,一头金发乱七八糟的,圆眼镜里的双眼透着浓烈睡意,像是刚刚起床。照片的一侧写着"芹泽朋也"这个名字和出生年月日,还有所属的专业。

"教育学专业?"

环姨皱起了眉。这跟照片本人那看似轻佻的外观,真是太不相称了。

"嗯,我想做老师。"

芹泽简单地回答。

"我姓岩户。"环姨把学生证递回给芹泽,简短地自我介绍。

"正所谓'萍水相逢前生缘',对吧?接下来还有很长的旅途,希望能愉快相处。"

芹泽笑吟吟地说,真不知道他有什么可高兴的。他随即换了一个档位,车子顿时如猛烈咳嗽般摇晃起来,同时开始加速,一下超过了前面的车。

"真是辆破车。"

"这车在二手车里算很便宜的啦！"芹泽兴致勃勃地说，"正常的话，可不会低于一百万日元。这是在歌舞伎町工作的前辈以很优惠的价格让给我的。很拉风吧？"

环姨听完就叹了一口气，仿佛是在表达"歌舞伎町这种事，根本无所谓吧"。

"先不说这些了。你真的行吗，单程就要开七个多小时啊？"

"没事的。不是只有你女儿要找草太吗？"

"铃芽不是我女儿。"

环姨看着向后飞驰的路面，想了一会儿，开口说道：

"是我的外甥女，姐姐的孩子。姐姐死了，我就领养了她。她原来是单亲家庭的。"

"啊？"

可能是冷不丁地听到我的身世，芹泽一下子困惑了吧，愕然地喊了一声。但环姨并未在意，接着说道：

"姐姐的死说是由于工作事故，不过真的太突然了。我接到联络就赶紧过去看铃芽，这孩子没有其他亲属了。"

环姨也不看芹泽的脸，一直低着头说。她很想跟人讲一讲吧，无论是谁都可以，就是想倾诉一下。她肯定是在来东京的新干线上着急地望着窗外的景色，一直在回忆、思考以前的事。

"那时，铃芽才四岁。我对铃芽说，跟阿姨一起去九州吧，铃芽点了点头。可是那天夜里，这孩子不见了，她瞒着我去找妈妈，结果迷路了。那是三月份，那天还下着雪。我离开家乡之后就去了九州，好多年了才回来，没想到三月份竟然还这么冷。铃芽在这种晚上出去，我担心得不得了，在漆黑的街上找了很久。"

那晚的不安与恐惧，环姨至今都能回忆起来，历历在目。她一边大声喊"铃芽、铃芽"，一边在泥泞的路上四处寻找，拿手电筒照向周围的阴影处。一想到万一发生什么，她就害怕得几乎要窒息了。那个夜晚，环姨仿佛被丢进了一个长长的噩梦里面。

"总算找到铃芽时，她正蹲坐在积雪很深的野地里，怀里抱着妈妈给她做的那把宝贝儿童椅子。那一刻，我心里太难受了——"

难受的环姨把我——幼小的铃芽，紧紧抱住，还流着泪说"做我的孩子吧"。那时怀里的小小身体和那般冰冷，环姨至今都还记得清清楚楚。

汽车驶上了架在荒川上的巨大桥梁。在很远处的铁桥上，一辆银色的电车正和我们同向前行。河川占用地上有一个茶色的操场，一个男女混编的足球队正在上面踢足球。望望他们，再望望波光粼粼的河面，环姨小声地喃喃自语：

"十二年了……是的，从那时算来已经十二年了呢。我把她带回九州，一直是我们两个人，只有两个人一起生活。可是……"

突然响起了一个干巴巴的声音，环姨朝一旁望去，发现芹泽正面无表情地抽着烟。

"啊——"他注意到了环姨的视线，用平稳的语调问道，"你讨厌烟？"

"这是你的车啊！"环姨不由得苦笑起来。

是啊，他是个不相关的人，怎么对他讲了这么多？环姨慢慢明白过来了。好在这个男子是这样的感觉——他不在意我，我也不用太在意他。互相没有期待，也就不会产生失望了。也就在一起一天而已，这样的话，这种对别人不感兴趣的人就最好啦。这么一想，环姨开始对芹泽有了一些好感。

芹泽很享受地吐着烟，说道：

"小铃芽说现在要回她老家。我不知道为什么要这样，难道草太在那里？"

"不知道呢……不过那里现在什么都没有了。"

说完，环姨转头看了看后座。我还在沉睡中。

"那你就趁现在回东京，如何？这样的话，她可能就死心了。"

"不行，我还得要回借给草太的两万日元呢。"

"啊？"环姨愕然地说，"你就像个讨债的。"

芹泽笑了，好像被表扬了一般。随他便吧，他至少不适合做老师——环姨斜眼看着他的笑脸，如此想着。红色敞篷车过了县界，在绿色越来越多的风景中继续北上。"责备我了，亲爱的"，芹泽跟着音乐唱道。

第五日

❖　　❖　　❖

在车里一路摇晃着，我睡了很久。偶尔醒来一下，就伸头转向海面，像是换口气一般茫然地盯一会儿车外的风景，很快又昏昏沉沉地睡着了。

每次醒来，周围的风景都不一样。有时是连锁店林立的郊区街道，有时是民房散落的村庄，有时又是绿色延绵的群山。不知从何时开始，擦肩而过的汽车明显变成了大型卡车。卡车前方都挂着巨大号码牌一般的布条，隐约看到上面写着"环境省""除去土壤""污染土壤"等文字。我已经没有兴趣和气力去思考什么了，听任这些东西从我的视网膜掠过，随即又睡着了。

不知是第几次醒来时，汽车正穿行在一个宁静的城市。道路平坦，是没有凹凸起伏的沥青路面，道路侧方的白线和黄色中间线像是刚刚涂好一样，有些晃眼。可是，经过的房屋和商店，仔细望去全是废墟，每一座房子都被绿色覆盖了大半。停车场里停得歪歪扭扭的车，一直敞开着的车窗，车门旁一直放着的午餐菜单招牌……都在道路两旁无声无息地腐朽着，仿佛生活暂时停摆了，给人一种颇为奇妙的**半途而废**之感。就在这座完全没有人烟的小镇的正中间，只有一条被修整得漂亮笔直的道路通过，路上只有卡车来来往往地行驶着。这里让我感觉像梦里的风景，我看了一会儿后，又像沉入泥中似的睡着了。

我像被掀起来一般，猛地睁开了眼睛。又开始摇晃了。

真的在摇晃，这和汽车的震动完全不同。我看看旁边，大臣也醒了，正来回打量着四周。

"刚才是不是摇晃了?!"

我问驾驶位上的芹泽。他慢悠悠地回答道：

"啊，你终于醒啦？你的阿姨正睡着哟。"

我往副驾驶位上瞄了一眼，发现环姨睡着了，整个身体都靠在了座位上，呼吸声均匀地响着。

"大家都睡眠不足啊。"芹泽笑着说。

突然，固定在方向盘一侧的手机里传出一个小小的警报声。

"真的，地震了，烈度三。车一跑起来，就感觉不到了。"

紧接着，我的手机也振了一下。一看，是一个通知，说一分钟前观测到烈度为三级的晃动。

"快停车！"

"啊?!"

从停在路肩的车上下来后，我环视四周。道路两旁一人高的草木生长繁茂，覆盖着整片土地。有一个立着的招牌，上面写着"返家困难区域，禁止进入"。路旁还装着铁栅栏，栅栏对面有一条被野草埋没的小路，小路前方是一座稍高的山丘。

"喂，你等等，小铃芽！"

芹泽在我背后喊道。我没理他，身体钻过栅栏的缝隙，爬上了斜坡。

我站在山丘顶上回头望，满目葱茏。民宅和电线杆好似隐藏了气息，在树丛里若隐若现。我浑身大汗淋漓，静静地凝视着这片风景。

"还没出来……"我小声嘀咕着。

就在这时，脚底传来地鸣。我立刻看向脚下，感觉到了轻微的晃动，埋在草丛里的小石子也发出细碎的声响。我屏住呼吸盯着看时，那晃动竟然停了，于是我抬头再一次环视周围的风景。

"还没出来。"我又轻声说了一句。

看不到蚯蚓的身影，地鸣也消失了。

我心想，是草太镇住了蚯蚓，是变成要石的草太封住了它。我想起在东京的后门里看到的那道景色——黑色的山丘上刺着一把椅子，顿时心里一阵难过。那真是一个绝对的、难以言喻的孤独光景。

突然，草丛晃动的声音响起。

"大臣！"

是尾随我而来的吧，只见大臣孤零零地蹲在离我不远的地方。它用瘦骨嶙峋的背对着我，一动不动地俯视着小镇。

"你究竟想干什么？"

我尖声问道。小猫就那么一直背对着我，一声不吭。

"为什么不说话？喂！"

它没有反应。我紧紧攥住挂在校服衬衫里的闭门师钥匙，连同红领结一起攥着。

"说起要石——"我已经不指望它回答了，喃喃自语道，"即使不是闭门师，其他人也可以成为要石吧？"

"喂——"

有人优哉游哉地喊了一声。我朝声音的方向望去，看到芹泽两手插在口袋里，朝斜坡上走了过来。

"小铃芽，怎么了？没事吧？"

他边走边看我的脸，但问我的语气又不像是在担心的样子。

"对不起。"我说道，"没什么事，不过得赶紧走了——"

我说着就开始往斜坡下走，芹泽却与我擦肩而过，登上了斜坡。我不由得站住了，目光追着他。他站在山丘顶上伸出双臂，在头顶交叉起来，深深地吸了一口气。

"啊——身体都僵了！这才走了一半路程啊！"

说完，他从口袋里掏出烟盒，叼出一根烟用打火机点着了。他满脸是汗地俯视着山丘下的小镇，悠然自得地抽着烟。

我没再往下走了，与芹泽一起眺望着下方的景色。是啊——我现在才发现，在我沉睡的时候，芹泽一直在开车，而我之前竟然没有注意到。我没有心情关注这些，我太着急、太焦虑了。可是——

"风吹得好舒服啊！比东京稍微凉快一点。"芹泽说。

眼下是一片绿色的田野。风吹拂着草丛，周围回荡着涛声般的"沙沙"声，几个屋顶反射着正午太阳的耀眼光芒。我还看到一辆卡车在缓缓移动，仿佛将这风景从中间切开了一般。再往前，可以隐约看到蓝色的地平线，还听到了杜鹃的鸣叫声。芹泽好像深感炫目，眯着眼睛说：

"这一带，原来很漂亮啊！"

"咦？"我凝视着周围的景色，不禁自言自语道，"这里——**漂亮？**"

日记本里的白纸，被黑色蜡笔涂得乱七八糟，这个记忆正与眼前的风景重叠在一起。所以，我只是觉得惊讶，这怎么会漂亮呢？

"嗯？"

芹泽看着我——不行，我根本没多余的时间啊！

"对不起！"

说完，我就朝斜坡下走去。"必须早点去"，我在嘴里嘀咕着，大臣则无声无息地跟在我后面。看到这一幕，芹泽也不再坚持了，我背后传来他的脚步声。

"喂！猫，喂！"他在跟猫打招呼，"真搞不懂，神神秘秘的一家人。"

我都听到了……

我回头瞪他了一眼，只见他身后闪动着一片积雨云，接着传来阵阵雷声。仰望天空，一团团的乌云仿佛在躲避什么不吉利的东西，迅速地随风飘走了。

* * *

"你在找什么？是很难找的东西吗？"

芹泽用手机播放的音乐，净是些国内的老歌。

有很多我没听过的曲子，但现在播放的这首，我似乎在哪里听过。芹泽并不理会闷闷不乐的我和环姨，照常开心地小声哼着歌："在包里和桌子里都找了，却还是找不到——"

"啊，下雨了。"

坐在副驾驶位上的环姨，冷不防地说。

"真的假的！"

芹泽的话里难得一见地带上了感情。从敞篷车向上看，天空被一片乌云笼罩，而沥青路面上的黑色斑点眼瞅着越来越多，大大的雨滴一颗接一颗地打在我的脸上。

"这就麻烦了……"芹泽看起来莫名悲伤。

"什么啊？你的车有车篷吧，快点合上啊！"

"啊……唉……我试试。"

说完，芹泽按下了挂挡杆一侧的按钮。我身后突然响起马达启动的声音，转头一看，车尾行李箱打开了，从那里冒出了一个折叠的车篷。我不禁盯着它，看它就像变形机器人一般上下分离开，下面那部分严严实实地盖住了我的头顶。

"哇……"

我忍不住像个小孩似的喊了起来。敞篷车好棒啊！上半部分缓缓向前滑动，盖在了前座的顶上。可是——

"咯噔"一声，车篷好像哪里被卡住，停住不动了。我坐着的后座是完全密闭的，可前座的车篷没有合拢，还留了三十厘米左右的缝隙。

"嗯？搞什么啊？"

环姨诧异地喊了起来。雨势突然变猛了，大量雨滴直接击打在前排的芹泽和环姨身上，一下浇透了他们穿的夹克和针织衫。

"哈！"芹泽居然笑着叹了一口气，"还是没有修好啊，哈哈！"

"亏你还**笑**得出！"环姨郁闷地说。

"等等，这该怎么办呢?!"

"没关系！说是下一个休息站马上到了！"

芹泽一边笑，一边摆弄导航仪。

"**到下一个车站大约四十公里，所需时间为三十五分钟。**"

人工合成音声从导航仪传出。

"根本不近啊！"

环姨叫道。随即电闪雷鸣，雨下得越来越大，好像在迎合她的叫声一般。

我无力地叹了一口气。还是应该独自坐新干线去，可现在也没办法，目的地已经不远了。"梦中、梦中，不想去看一看吗？"车载音响在唱，那声音好似一个预告未来的占卜师一样，充满了自信。

左大臣登场

总算到了沿海公路的休息站。芹泽与环姨就像一对穿着衣服潜入夜间泳池的轻佻情侣，浑身上下都湿透了。他俩说想换换衣服，想擦干身子，想吃点东西，想去趟洗手间之类的，问我要不要一起，但我拒绝了。我一点都不饿，根本没有心情在餐馆里吃拉面。见我摇摇头，环姨就叹了一口气，和芹泽一起走进休息站那栋房子里。车停在停车场里，我在后座上抱膝坐着，一动不动地凝视被微暗海面吞噬的雨。大臣在我一旁，也蜷着身体，一言不发地继续睡着。

❖　　❖　　❖

我就这样凝望雨时——

环姨去了洗手间，换上了她带来的其他衣服（白色的圆领背心和熏衣草色的针织开衫），对着镜子补了补被雨水冲得乱七八糟的妆。她这么收拾了一下，刚刚糟糕透顶的心情便好了一些。

休息站的房子是几年前重建的，特别新，里面的自助餐厅十分宽敞，天花板很高，空调也很舒适，客人倒是寥寥无几。环姨在自助餐厅点了一份"渔夫的任性套餐"，和芹泽分开餐桌，独自一人吃了起来。青花鱼肉质软嫩，非常鲜美。吃完饭，她又喝了杯热茶。从九州出发后，她第一次感到自己总算可以放下心了。

环姨心想，尽管还有各种各样的问题，可反正找到铃芽了。虽说不得不顺势回趟老家，但那里可能有个叫草太的陌生男子——不过，等回到老家，见到那个男的，铃芽肯定就满意了吧。那就是恋爱吧，也是早晚会有的事。可即便有这种事，铃芽又为什么非得现在回老家呢？

也可能是铃芽想寻找自我吧——环姨又想了想，就索性开始这么往下想了。不管怎么说，铃芽还小，在自身成长和形成人际关系的过程中，有时会急于寻究自己的根源吧。嗯，肯定是这样的。回到好久未归的老家，整理一下思绪，再回到原来的生活中。铃芽只是想尝试一下那种无论是谁都会经历的极其普通的成长洗礼吧。

环姨试着想了这些。虽然完全没有产生真实感以及发现线索苗头，但她就是愿意这么想，并借此得到了几分心安。她还想着，自己大概后天就可以去上班了吧，还得给阿稔打个电话才行。

"啊，一个男公关？！"

听环姨简单说明情况后，稔叔对着电话大声喊起来。

"不是啦。不是真的男公关，只是气质有些像寒酸的男公关而已……不是的，不是的，不是骗人或被骗的那种感觉啦。"

环姨将手机贴在耳朵上，回头瞟了芹泽一眼。芹泽正在里面的一张餐桌上津津有味地吸溜着拉面。环姨觉得他是点了鱼翅拉面，而且刚才她也有点犹豫，到底是点套餐还是点这个。

"不过，那也很危险！"稔叔说。

由于电话里还传来黑尾鸥悠闲的叫声，环姨的脑海里一下出现了晴天下的渔协办公大楼的旧窗框，还有远处的蓝色地平线。

"只有你们两个弱女子，还是在汽车这种密闭空间里！"

"不是密闭空间，是辆敞篷车——"

"敞……"稔叔急了，"敞篷车?!那不行！阿环，你现在在宫城的哪个地方？休息站——大谷海岸——我知道了，你稍等我一下！"

电话里传来猛敲键盘的声音。那个穿着褪色T恤的大块头阿稔——可能今生只开过轻型卡车和叉车的阿稔，那个为了自己而拼命的阿稔，此时身影浮现在环姨眼前。

"刚好附近的停车场停着开往东京的高速巴士，座位几乎都空着。我看到可以预约——"

"等等，等等，阿稔！"

环姨赶紧制止他，并向他解释：

"都已经来到这里啦，所以接下来打算回老家，那样铃芽才会死心。你看，这就是类似于婚丧嫁娶的一种固定仪式啊。所谓青春期，就是这样的吧？好像以前听谁说过……"

环姨滔滔不绝地扯了一大堆话，但是说着说着——不对，她脑子的某个地方察觉不对劲了，事实肯定和她想的完全不同。她终于发觉自己心中的别扭，还有一种不祥的预感，或许事情不会简单地像自己预期般顺利进展。铃芽心里想的和身上担负的，可能远远超出了她的想象。尽管毫无依据，但环姨本能地开始相信这一点。

"后天就回去了，回去之前就拜托你了。"

环姨对稔叔说了连自己都不再相信的话后，挂断了电话。

❖　　❖　　❖

距离目的地，大约还有一小时四十五分的车程。

我恋恋不舍地将目光从手机地图上移开，深深地呼吸着风雨天里的潮湿空气。还差一点，还差一点，向前，向前——我试图平稳焦躁的心情，开始缓缓地、缓缓地吐气。

我点击地图的菜单，显示移动记录。缩小画面，直到手机屏幕显示了整个日本列岛，目前为止的移动路线随即全被蓝线显示了出来。从宫崎到爱媛是坐渡轮，从爱媛坐车横穿四国到了神户，接着乘新干线到了东京。然后，又沿着太平洋，经由千叶、茨城、福岛，来到了现在的宫城。这条线几乎穿越了日本列岛，线的一侧显示出一千六百三十公里这一数字，我竟然走了这么远。所以，没事的——我感觉像是在劝说自己。即便是去常世，我也能到达。

就在这时，脚下突然传来不适的感觉，我不由得坐直了身体。

又能听到低沉的地鸣了。

"啊!"

手机振动,并立刻显示出"紧急地震速报"这几个红字。我跪在车座上环视周围,停在左右的车都上下晃动着,积在停车场屋顶的雨水像小型瀑布一样直冲而下。但是,持续了几秒钟后,震动像改变了主意似的越来越小了。不久后,我回过神来,手机不再报警了,脚下的摇晃也停止了,唯有我的心脏还在怦怦直跳。

"草太!"

我攥着衬衫里的钥匙,不禁叫出了草太的名字。

"草太,草太!"

我会一直这样吧。在今后的几年、几十年里,每当地震发生时,我都会想起孤独一人待在那个黑色山丘上的草太。即便草太受得了——我也绝对受不了。

"草太、草太!"

我在心里拼命祈祷。我很快就到了,马上去救你了。

"铃芽!"

从休息站方向传来了喊声,我抬起头,看到环姨正顺着屋檐往这边跑。她一边说"刚刚摇晃了吧",一边打开车门,坐到了副驾驶的位子上。她换上了淡紫色的针织开衫,脸上恢复了一点气色。

"好讨厌啊,一个劲儿地震……"

环姨自言自语般说着,用手指整理自己淋湿的刘海。我看着她映在后视镜里的脸，问道：

"芹泽呢？"

"还在吃饭吧。你真的不吃饭吗？"

"嗯。"

"可你从早晨到现在都还没吃东西啊！"

"我不饿。"

环姨轻轻叹了口气，我们都沉默了。雨一直下，明明刚到午后，周围就暗得像亮度被调到最低的手机屏幕。

"对了，铃芽。"环姨像是下了决心，"我还是希望，你能好好说一说。"

"什么？"

"你就那么想去老家吗？"

"门——"我下意识地说道，又含糊其词，"对不起，我也说不清楚。"

"什么嘛……"

一直从后视镜里盯着我的环姨，这时从前座上转过头来。我俩在遇到的几个小时里，第一次四目相对了。

"你这样会给人添很多麻烦啊！"

"麻烦？"

我强忍着，没说出后半句"是你自己要跟我过来的"。只是移开视线，小声地说："就算说了，环姨你也不懂。"

环姨一下愣住了，又突然打开车门，下车后再猛地关上门。她从敞篷车外抓住了我的手腕，说：

"回去。现在还有巴士。"

"咦？"

"又说不清是怎么回事，还一直拉着个脸，耍脾气什么都不吃！"

"放开我！"

我甩开她的手。

"环姨才应该回去！我又没求你跟我来！"

"你到底知不知道，我有多担心你啊?!"

环姨气得声音发抖，我也下意识地大叫。

"你这样，我会很累啊！"

环姨瞪大了双眼，咬着嘴唇，慢慢地垂下了头，双肩剧烈抖动着。她深深地吸气，然后缓缓地吐出来，好似周围的空气突然变稀薄了一般。

"我已经——"环姨用嘶哑的声音缓缓地说，"我累了……"

我瞪着环姨。她笔直地站在停车场屋顶下的微暗中，低声说道：

"自从不得不收养你，已经过了十多年。为了你，我尽了全力……我真的太傻了。"

我愣住了。雨滴在风的吹动下，稀稀落落地打在我的脸颊上。

"我该怎么做，才能照顾好一个失去了妈妈的孩子？"

环姨说着说着，突然苦笑起来。在她背后的远处，延伸着一片不停吞噬着落雨的幽暗大海。

"你来家里的时候,我才二十八岁,还很年轻,正是人生最自由的时候。可你来之后,我一下忙了起来,完全没了自己的时间。拖着个小孩,连相亲活动都没法好好参加。这种人生,就算拿了姐姐留下的钱也完全不划算啊。"

环姨的身影突然变得模糊起来。是眼泪,我这才发现,我的眼中此刻蓄满了泪水。

"是——"我的声音也嘶哑了,"这样吗……"

我低下头,发现大臣在车门边蹲着,正瞪着圆溜溜的眼睛一动不动地看着环姨。

"可这也——"我其实不想这么说,"可这也不是我想选的啊!"

尽管不想这么说,我还是喊了出来。

"你把我带到九州,并不是我求你的啊!环姨,是你说让我做你的孩子啊!"

铃芽,做我的孩子吧——我还记得在那个下雪的夜里,自己被她紧紧抱在怀里时的温暖。

"亏你还记得这些!"

环姨似笑非笑地说。她抱着胳膊,对着我怒吼道:

"请你从我家里离开!"

环姨咧着嘴角笑了笑。

"把我的人生还给我!"

可是,环姨的眼睛在哭泣。不对,这一刻我在想,**她不是环姨**。

这时,大臣在我旁边哈气,大声威吓。环姨——环姨的身体,站着一动不动,眼泪扑簌簌地掉了下来,嘴角却浮现出了笑容。

"你——"我忍不住问她,"你是谁?"

"左大臣!"

一个孩子般的声音响起,只见环姨的背后立着一个巨大的黑色剪影,那影子比汽车还大,原来是一只黑猫。在微暗中,它那一对超大的眼眸闪动着绿色的光芒。

"左大臣?"

我小声地重复了一句这个名字,可就在这时,大臣低吼一声,从车上跳了下来。它蹬着停车场的地面,毫不犹豫地冲向那只巨大黑猫的脸。它们同时发出像是女子的尖锐惨叫声,抱在了一起。黑猫的巨大身体倒在地上,两只猫开始在地上翻滚扭打。

"啊?!"

我的大脑一片混乱,愕然地看着它们打架。突然,站在眼前的环姨,身体晃了一下,好像吊着她的绳子断了似的倒在了地上。

"啊,怎、怎么了……环姨?!"

环姨趴在地上一动不动。我赶紧从车上跳下来,在她身旁蹲了下来。

"喂,环姨!怎么了,没事吧?!"

我扶住她的后颈,一边抬起她的头,一边转过她的上半身。她的胸脯上下起伏着，还有呼吸。突然，我发觉猫的惨叫声停止了，便抬起头来。

"啊！"

我不相信自己的眼睛，原本有一匹马大小的黑猫，直接缩水了一半。大臣的脖颈被黑猫叼着，在它的脸部下方左右晃动着，宛如小猫和母猫。黑猫朝这边慢慢走来，每走一步，它的身体就会缩小一点，就像是远小近大的规则混乱了一般。黑猫经过我跳到敞篷车上时，身体变得只有一条大型犬那么大了。

"什么？"

我不知道到底发生了什么。它最初的巨大身体，难道是我的错觉？难道从一开始，它就只有这么大？我愕然地张着嘴巴，注视着上了车的两只猫。黑猫从嘴巴放下大臣，一起在后座上规规矩矩地坐了下来，都仰望着我。一只是黑毛绿眼睛的大猫，一只是白毛黄眼睛的小瘦猫，可它们凝视我的眼眸却非常相像。

"大臣，还有左大臣？"我忍不住喃喃自语。

两只猫来到了同一个地方——不知为何，我突然如此想到。它们的眼眸虽然看着我，但又越过了我，同时注视着**另一个世界**。

"铃芽？"

环姨在我的手臂中沙哑地叫了一声。

"环姨！"

环姨漠然地望着我。

"我，为什么……"

"环姨，你没事吧？"

她的脸上突然恢复了生气。

"啊……那个，我！"环姨站了起来，"对不起，等我一下！"

环姨说完，朝休息站一溜小跑着过去了。我一下没了力气，双膝跪在地面上目送着她的背影。环姨的身影消失在自动门里之后，我慢慢转头看向车里。黑白两只猫都像钉在座位上似的蜷卧在那里，喉咙里"咕噜咕噜"地响着，像是在说工作完成了一样，正准备进入梦乡。

不知何时，雨变小了。

❖　　❖　　❖

"芹泽！"

听到声音从背后传来时，芹泽正一只手拿冰激凌，看抓娃娃游戏的奖品。好不容易来到这种地方了，得带点有当地特色的东西做纪念品——芹泽正恍恍惚惚地这么想着时，听到有人喊自己的名字，声音像是十万火急。

"嗯？"

回头一看，是已经哭得妆都花了的环姨。饶了我吧——芹泽下意识地想到。

"我好像有点失常了……"

"啊？"

"我怎会说出那样的话？"环姨说着，用双手捂住了脸，"我竟会那么说……"

芹泽的心里开始发毛。这时，环姨开始哭出声。

"等、等等……"

芹泽赶紧走上前去。环姨哭得跟个孩子似的，自助餐厅和特产店里的店员和客人都以为发生了什么事，纷纷看过来。芹泽心想，你就饶了我吧，同时小声说：

"怎、怎么啦？"

环姨不回答，只是不停地抽泣。

"哎，你没事吧？别在这里哭啊！"

芹泽准备躬下身子，想窥看环姨的脸。

"啊！"

他手上的冰激凌直接从蛋筒掉到了地板上。饶了我吧——芹泽哭笑不得，想着这才舔了两下呢，再说为什么自己要低头看一个留着短发、肩膀不停颤抖的女人呢？为什么会在一个没来过的乡下休息站里，被一个比自己年长差不多二十岁的女人拉着哭呢？

"呜呜，呜呜呜呜，呜呜呜呜呜呜。"环姨不停地抽泣着。

管他三七二十一了——芹泽将手放在环姨肩上，温柔地拍着她，结果她哭得更厉害了。周围的人好像在躲避陷阱似的，经过二人时都绕得远远的。芹泽强忍住叹息，仰望着天花板，嘴里轻声嘟囔着"真是莫名其妙"。为了不让环姨哭得更厉害，为了不让她听到，他反复轻声念叨着。

希望你做的事

"别吵了，你们停下吧，别再为我争吵了——"

我终究还是意识到了，芹泽这首不合时宜的昭和歌曲，听起来就像在向我们传递来自他的劝告。

"好吵啊！"

副驾驶位上的环姨劈头盖脸地抱怨道，我也有同感。太吵了，他多管闲事！

"啊？我可是专门为客人选的呢！"

芹泽一边开车，一边遗憾地说。从休息站出发后，红色敞篷车行驶在防潮堤和田地之间的幽静乡间小道上，对面几乎没有行人和汽车经过。"对不起，都怪我，玩弄了两个人的心"，芹泽哼唱着这首似曾听过的老歌，回头朝我瞄了一眼。

"小铃芽，天晴时坐这车，感觉很好吧？"

我不理他，啃着捧在手上的一个大大的奶油三明治。那之后，我突然饿了，在休息站买了这个和盒装牛奶。三明治软软的，咬上一大口，跟牛奶一起咽下去，这份香甜让我感觉每一个细胞都被浸润了，真好吃！

环姨到底还是太尴尬了吧，一直没出声。不过，那之后——在停车场互相大吼之后，我感觉有些东西稍微发生了变化。敞篷车在雨后的纯净空气中奔驰着，那感觉的确很棒。空气和云彩都更加鲜艳了，仿佛一幅画被换了新的画框。空气中的氧气含量似乎比以前多了，连呼吸都变得轻松起来。

"气氛好沉重啊。"芹泽交替看看沉默不语的我和环姨，似笑非笑地说，"啊，是新来的？"

说完，他瞟了一眼后视镜。占据了一半后座的黑猫，此刻喉咙里发着"咕噜咕噜"的声音，正在舔那只白色小猫的毛发。

"没想到又多了一只……不过，好大的一只猫！"芹泽饶有兴致，"啊！有彩虹，好兆头！"

只见前方空中的确架起了一道巨大的彩虹。我在心里暗自激动，但没有喊出声，环姨也什么都没说。

"但你们都没反应。"

芹泽完全不介意似的说，接着叼起一支烟，一只手点着了。

"小铃芽，猫这种动物啊，"他漫不经心地吐着烟，"要没有原因，是不会跟着人走的，对吧？又不是狗。"

可能是吧。虽然可能是这样，但我现在什么都不想说，反而更在意芹泽的内心到底有多强大，他竟然能在这种气氛中不停地自说自话。从东京出发已经八个多小时了，我和环姨在汽车行驶期间互相一句话也没有说过。

"白猫和黑猫，"芹泽面朝前方，"应该有事要小铃芽帮忙吧？"

"正是。"一个小孩的声音响起。

"咦？"

所有人都凝视着我旁边的黑猫。黑猫——左大臣，它仰起头，用绿色的眼眸盯着芹泽，又慢慢转向了我。那双眼睛清晰地透着一种知性。

"借助人手，恢复到从前。"

"猫——"芹泽和环姨同时惊叫起来，"猫讲话了？！"

就在这时，敞篷车越过了道路中线，而正对面开来了一辆卡车，司机惊恐地按响了喇叭。

"呜哇——"

我们同时尖叫起来。芹泽将方向盘猛地向左打去[①]。卡车响起刹车的声音，几乎是擦着我们开了过去。我们的车先是旋转了一圈，接着"咣当"一声，保险杠直接撞到防潮堤边缘，停了下来。

好危险啊！才这么一想，我就发现汽车前轮竟然轧过了边缘的杂草。

"咦？"

汽车就这么缓缓地顺着斜坡向下滑去。

[①] 日本的车辆为靠左行驶。

"喂喂喂——"

芹泽慌忙换挡踩油门，想把车倒回路上。可是，车身前倾得更厉害了，后轮轻飘飘地从地面浮了起来。

"等、等等，等等啊！"

汽车完全离开了道路，随即在长满杂草的、三米左右长的陡峭斜坡上慢慢往下滑去。轮胎拼命地向后转，不停摩擦着地上的青草，但车还是滑下去了。伴随着一声沉闷的撞击声，车头撞到了地面，驾驶位和副驾驶位的安全气囊都弹了出来。前座的两个人傻傻地看着这一幕，而我背后响起马达运作的声音。一看，原来是后行李箱打开了，折叠着的车篷弹了出来，一边滑动，一边分成两张，最后在我们的头顶**严严实实**地合上了。

"啊，修好了！"

芹泽安心地望着车篷。随后，他缓缓打开车门，车门在地球引力的作用下挣脱他的手，大开之后轻轻反弹了一下，"啪嚓"一声从车体断开，落到了地面上。同时，后视镜清脆的碎裂声在幽静的田园上响起。

"真的假的——"

芹泽淡定地自言自语道。

就这样，芹泽那辆载着我们从东京一路行驶了六百公里的爱车，在目的地近在眼前时抛锚了。不远处，一群野鸟欢快地鸣叫着。

* * *

当我朝经过的汽车竖起大拇指,一门心思想搭顺风车时——田地边的草地上,两个大人还愣神地盯着那辆趴窝在四十度斜坡上的汽车。

"真的很危险啊……"视线好不容易离开了汽车,环姨压低声音对芹泽说,"话说回来,那只猫说话了吧?"

芹泽在环姨的一旁,一直盯着爱车的惨状,在听了环姨的话后才像回过神来。他看着环姨,小声说:

"刚才——果然是说话了?!原来不是我的幻听啊!"

"是说了的!起初那只小猫也说了的!它就在车站前说'吵死了'!"

"说了!果然是它说的啊!这叫什么,心灵现象?!"

"哪儿有这种事情啊——"

而我还是没搭到顺风车。斜坡上的道路很窄,也就勉强两车道,周围都是蓄满水的农田,道路沿线净是些等距离排列的电线杆。我在这种风景中等了十分钟,总算盼来了一辆小货车,可它却对挥手的我视而不见,从我身边扬长而去,一点都没减速。那个戴工作帽的司机大叔盯着我,甚至很明显地皱起了眉头。到底是因为我的神色过于紧张,还是一旁的黑猫体格太大,吓着了他?抑或是两个原因都有呢？总之，我决定下一次要满面笑容地挥手，可又过了五六分钟，下一辆车还是没有出现。

"芹泽，还有十公里吗？"我朝着斜坡下面大声喊道。

总不能被耽搁在这种地方吧，我心想。芹泽将上半身伸进车门已经掉了的车子里，看了一下导航仪，对我喊道：

"离目的地还有二十公里！有点远呢！"

"那我跑着去！芹泽、环姨，谢谢你们送我到这里！"

我一喊完就跑了起来，背后响起两人惊讶的叫声。可是，这也没远得跑不过去吧。黑猫也叼着大臣跟在我后面。虽然不知道它们的本来面目和目的，但一直待在我身旁的这两只猫，让我心里多少有些踏实。

❖　　❖　　❖

"啊——跑着去，不是吧?!"

两个大人望着我远去的背影，惊讶地张大了嘴巴。我径直跑了起来，一次也没回头。据说当时环姨远远望着我，立刻做出了一个决定。她环视四周，在草丛里发现了一辆自行车，就迅速跑上前去。

"咦？怎么了？"

环姨不理会芹泽，从草丛中拽出自行车，双手抬起生锈的车架把它立了起来。这是一辆前面带着车筐的黄色自行车，不仅没有上锁，更为神奇的是，轮胎里竟然有气。

"芹泽，我也走了！"

说完，环姨两只手攥着车把，推车爬上了斜坡。

"啊?!"

"谢谢你把我们送到这里！"

刚一说完，环姨就来到公路上，跨上了自行车。

"喂，等等！"

"说不定，你还真能成为一个好老师哟！"

环姨大声喊着，开始蹬起了车。

"喂、喂，等等，等等！"

芹泽赶紧跑上公路，只看到已经跑远了的我和两只猫，还有骑着车追赶我的环姨的背影。不久后，我们都转过拐角，身影消失在树荫里看不到了。

"怎么回事啊……这两个人？"

芹泽双手叉腰，目瞪口呆地咕哝着。回头望去，那辆他大出血才买来的、一直视若至宝的红色阿尔法·罗密欧，此刻正从防潮堤下无比同情似的仰望着他。

怎么回事啊——芹泽仿佛在同爱车聊天一般，反复嘟囔着。连续开了八个小时的车，为了缓和气氛，他在路上一直放环姨那个年龄段的人可能喜欢的乐曲。结果，车子突然报销，他被丢在了这里，而那对好像神秘莫测的姨甥，竟然头也不回地走掉了。

芹泽突然感到这一切特别可笑，便大笑了起来，心情一下畅快了很多。

"哈哈哈哈……"

索性笑个够吧。芹泽大笑了一阵子后，仰望了一下天空，用力呼吸周围的新鲜空气，然后直接说出了涌上心头的一句话：

"草太，你这家伙真行啊！"

我可能起了一定作用吧——虽然不明白原因，但今天发生的这些事让芹泽如此认为。他还想了一长串：自己就不去管草太了，交给小铃芽应该可以搞定，何况小铃芽身旁还跟着那个过于溺爱孩子的阿姨和两只谜一般的猫呢。嗯，肯定可以搞定的。我也是时候回到自己的生活中去了，都有人打包票说我能成为一个好老师了。

芹泽从口袋里掏出被压得皱巴巴的香烟，叼在嘴上，随即点着了。他从未感到如此美味过——香烟让他全身都感到无比舒坦，仿佛给他带来了前所未有的成就感。

❖　　❖　　❖

"坐上来。"环姨对我说了这句后就一直没再开口，只是一个劲儿地踩着车。

细细的道路两旁生长着茂密的芒草，有一人那么高。只有电线杆一直在身边不间断地出现，仿佛在给我指路。暮蝉在周围鸣叫，叫声好似把我们包住了一般。不知不觉，九月的太阳快要落山了，从西边直射着整个世界。

眼前的环姨不停踩着自行车，那背影比我记忆中的似乎小了一些。白色的圆领背心被汗水浸湿，贴在了身上，豆大的汗珠从后脖颈不停滚落。

"环姨？"

我轻轻叫了一声。她为什么这么拼命呢，真奇怪。

"你不用说了。"

环姨喘着气，轻声说道。

"咦？"

"总之，你是想去喜欢的人那里，对吧？"

"咦……啊?!"

"具体是怎么回事，我完全不知道。你就是在恋爱吧，对不对？"

"啊，不是的。我、我才没在恋爱！"

没想到她会这么说我，我气得冲她的后颈直喊，她却很高兴似的笑了起来。这个人真的是什么都不知道，害得我从脸烫到耳朵。

"铃芽，这两只猫又是怎么回事？"

环姨又问道，有点刨根问底的架势。黑猫蹲在前面的车筐里，像是强行塞了进去一般，大臣则挤在黑猫前脚和车筐的缝隙里。

"啊——"

我现在才想起来，怪不得她这么问，因为听到了两只猫说话呀。

"这个嘛——据说是神灵！"我想起草太这么说过，"是喜怒无常的神灵！"

"喜怒无常的神灵？你在说什么啊？"

我这么说完，环姨扑哧一下笑出了声，又哈哈大笑了一阵，看上去很开心。对，也是啊——我心想着，也吃吃地笑了起来。感觉我们好久没这么笑过了。我又突然想到，或许左大臣出现在之前那个地方，就是为了让我们一起笑吧。摇晃着上半身的环姨和我，在右侧地面上留下了长长的影子。

"对了，"环姨面朝着前方，"我在停车场说的那些话——"

我看了看环姨，她被汗水浸湿的短发在风中摆动，我第一次发现里面竟然掺杂着不少白发。

"的确是在心里想过的……不过，不光是那些哟。"

"嗯，我明白的。"

"完全不止那些哟。"

"我也是……对不起，环姨。"我轻轻地笑了。

说完，我就将手放在了环姨汗津津的肩上，把脸紧紧地贴在了她的后颈。闻到了环姨的气味，那是我喜欢的气味，就好像太阳公公的气味一样，无论何时都能让我安心。

"十二年没回过老家了。"环姨说。

我默默地点了点头。在遥远的前方，可以看到防潮堤那灰色的墙壁了。

故　乡

"妈妈，我回来啦！"

在外面玩够了之后，我就会爬上家门前的那一小段斜坡，朝妈妈大声喊。十二年后，站在同样的地方，我突然想起了这一幕。

那时，妈妈经常为我准备好甜甜的点心，比如番薯蛋糕啦，放了肉桂糖的炸面包啦，撒了黄豆粉的豆腐饼啦……家里的布置摆设，小零食的香甜松软，还有我喊妈妈的声音——在这么长的时间里，我竟然把一切都忘了，而这一瞬间，它们全部从记忆深处涌上了心头，一幕幕清晰得连我自己都有点害怕。那时我们住的那栋两层小楼，仿佛重现在了眼前。

我朝家里走去——

我仿佛悄悄地回到了记忆中，轻轻说了声："妈妈，我回来了！"一只手推着生锈的小铁门，我走进了家里的院子。

院子被草覆盖着，成了荒地。房子只剩下一截矮矮的水泥基底，也掩埋在了五颜六色的花花草草里。不仅是我家，周围一带都是如此。这里曾经并排着好几栋住宅，如今变成了一片废墟，记忆中的那片小树林也不见了踪迹。放眼望去，四处尽是荒地。这里曾有过的一切，都被十二年前的那场海啸掠去了。现在，大概两百米开外的巨大防潮堤正俯视着这里的一片荒芜。夕阳缓缓落下，余晖将所有一切都染成了淡淡的红色。

我四岁时，发生了大地震。

那场地震惊天动地，几乎撼动了东日本的一半地区。

地震发生时，我正在托儿所，妈妈则在医院里上班。我被托儿所的老师们带去附近的小学避难，结果在那里待了大概十天。时间过去太久了，几乎所有事情都已忘记，我只隐约记得每天都很冷，防灾广播中一直传来警报声，吃的东西也只有饭团、面包和泡面。还有就是，别的孩子都被爸爸妈妈接走了，可我的妈妈怎么也不来。我从未觉得没有爸爸是一件多么寂寞的事（我家从一开始就只有我和妈妈两个人），可那时，我打从心底里羡慕父母双全的孩子。不知为何，我一直记得，那十天里，我在避难所里待着，太孤独、太害怕，无论是内心还是全身都难受极了。

后来的某天，妈妈的妹妹——环姨，突然从九州过来领养我了。

我的妈妈，最后也没有回来。

家里后院的那口小井，至今还在。

那时，井上盖着木头盖子，上面放着小孩搬不动的大石头。幼小的我，经常从盖子的缝隙间往里面丢小石子，然后开始数数，直到石子落入水中的声音响起。

那时井里还有水，现在井被土埋住了，上面长满了杂草。

我拿起一把生锈的小铁铲，在井旁挖了起来。环姨坐在从草丛露出头的低矮水泥基底上，默不作声地望着我。我想，她肯定好奇我在干什么，但打定主意了不问我。至于那两只猫，在环姨的脚下一动不动地蹲着。

铁铲的前端碰到了一个硬物。

"还在！"我不由得叫出了声。

我用铁铲将洞挖得大一些，把手伸进土里，取出了想找的东西。

那是一个曲奇罐子，盖子的正中间用大大的幼稚字体写着"铃芽的宝贝"。我拂去罐子上的泥土，把它放在水泥基底上，打开了盖子。那一刻，我感觉闻到了新鲜榻榻米的气味，是那时家里的味道。

"日记本？"

在一旁注视着我的环姨问道。我点头肯定。

罐子里有我的图画日记，还装着当时流行的蛋形小游戏机、用塑料串珠做的小饰品、喜欢的折纸等。所有东西都像上周才埋进去一样崭新如故，塑料光亮依旧，折纸也像刚刚染上颜色一般艳丽，这些都曾是我放在包里随身携带的东西。我隐隐约约记得，同环姨去九州前，我一人来到这里，把整个罐子埋在了井边。确认日记里的内容，是我今天来这里的目的之一。

"我已经不太记得那时的事情了。"

我一边翻日记，一边说。每一页都是用蜡笔写的蹩脚文字和色彩鲜艳的图画，仿佛要从纸上跳出来一般生动活泼。

三月三日，和妈妈一起过女儿节。

三月四日，和妈妈参加卡拉OK大会。

三月五日，和妈妈坐车去永旺玩。

"我应该误入过一扇门，日记里肯定写着——"

我翻着日记。

三月九日，妈妈给我剪了头发，铃芽变得可爱了。

三月十日，妈妈三十四岁的生日。妈妈，生日快乐！一定要活到一百岁！

继续翻下去。

三月十一日……

这一页被涂得黑乎乎的，蜡笔的油墨仿佛刚刚涂上一般闪着光泽。我想起来了——冻僵的手，紧紧握住的黑色蜡笔——涂抹白色页面时，下面垫的那块硬纸板很别扭。那时指尖的感觉，还有几乎喷涌而出的各种情绪，这一刻都在我脑子里鲜活地复苏了。被冰封了如此久的记忆，仿佛解冻了一样从我的心头溢出，我已无法阻止它们了。

翻到下一页，黑乎乎一片。

下一页，还是黑色。

在避难所里的每一天，我都在到处寻找妈妈。每天天黑之前，我一人在到处都是瓦砾的城市中来回走着。无论到哪儿，无论问谁，都没人知道妈妈的去向，所有人都只会说"对不起，小铃芽，对不起"。我每天都想在日记里写下：今天我见到了妈妈。可我没法这样写，就想抹去事实，每晚都将日记本涂得黑黑的。我一直用黑色蜡笔认真地、用力地涂，不让那一页留下一点空白。

翻了一页，黑色。

下一页，黑色。

每一页都是黑色、黑色、黑色。

我不停往后翻着，叹了一口气，蓄满眼眶的泪水落在了日记上。那里顿时露出一幅鲜艳的图画，画着一扇门，门里是星空。

旁边的一页上，草原上站着两个身影。一个年幼的女孩，一个身穿白色连衣裙、梳着长发的大人，两人都高兴地微笑着。

"原来不是做梦啊——"

我用指尖轻轻触摸着那两个身影。蜡笔颜料沾了一点在指尖上，我仿佛直接触碰到了过去的故事。我不是在做梦，那是实际发生过的事。我从后门误入了常世之中，在那里见到了妈妈。我能够进入的后门，就在这片土地上。

"对啊，是月亮出来的那一天。月亮悬在那座信号塔的上方。"

在后门的画旁边，画着月亮和细细的塔。我从日记上抬起眼睛环视周围，那座信号塔就在徐徐浸入黑暗的荒野对面。它宛如微暗的风景中立着的一根火柴棒，依然笔直地耸立着。

我朝着那里跑了起来。

"等等，等等，铃芽！"

环姨着急地叫道。

"啊，什么？你要找这扇门?!那里十二年前就成了瓦砾，它早就没了吧？"

她困惑的声音在我背后渐渐远去。

我在逐渐暗下来的荒地上径直朝信号塔跑着。左大臣就像我的影子一般，紧紧跟在我身旁。在一人高的杂草中跑着，脚下有时是水泥地面，有时是一段短短的台阶，有时又是堆放轮胎、木材之类的杂物堆。我靠近了信号塔，当这座塔塞满视野时，我停下脚步，打量着周围。

"这是哪里？"

我大口喘着气，仔细看四周，只见信号塔的左上方，就同那天一样挂着一轮黄色的满月。应该是这一带了。

"铃——芽。"

一个稚嫩的声音响起。我一看，不远处的阴影中有一只幼猫的影子。

"大臣……"

我跑了过去。结果，大臣像逃跑一般沉默地跑了起来。

"咦……等等，怎么了？"

我追在它后面。在过了还残留着水泥基底的大门模样的地方后，大臣站住了，朝我看过来。

一个被青藤掩埋着的木板状的东西，横靠在矮矮的石墙上。

"这是……"

我跪在草丛中，眼睛凑近了木板，原来是一扇门。我仿佛被人催促着，开始用双手撕扯缠绕在上面的青藤。青藤又粗又硬，不用力撕扯根本扯不断。茎叶上的尖刺刺到双手，我的手掌渗出一层薄薄的血，可我不觉得有多疼。我执拗地扯掉了上面所有的青藤，双手抱起那扇门，将它立在了石墙上。

那是一扇在千家万户里都可以见到的、极其普通的木门。方形门框里用合叶装着门板，表面的装饰板已经四处剥落，齐腰的高度有一个生锈的金属把手。没错，就是这扇门，我小时候打开过，正是我那扇后门。

"大臣，你难道——"一个想法突然闪现，"你不是打开后门，而是把我带去后门的?!"

它瘦瘦的脸颊上，一对黄色的眼眸正一动不动地凝望着我。

"到现在……你一直……"一种情愫自然涌上心头，我坦率地说道，"谢谢你，大臣！"

大臣露出惊讶的表情，它原本瘦骨嶙峋的身体眼瞅着丰润起来，无精打采般低垂着的耳朵和尾巴，也高兴地一下翘了起来。

大臣恢复了圆滚滚的小猫模样，像个大福饼似的。它起劲地说："去吧，铃芽！"

"嗯！"

我握住门把手，打开了门。仿佛气压阀被打开了一般，一阵风迎面吹来，吹拂了我的全身。打开的门里，就是那一片熠熠生辉的漫天星空。

"呜哇……"

我忍不住惊叹起来。在梦里反复出现的星空就在眼前。何止亲眼见到，那风中有我想念的味道，那光让我能真正触摸得到，我能进去——太神奇了！我确信自己可以进去，因为这是属于我的后门。不知何时，左大臣和大臣并排站在了我的身旁。

"铃芽！"

就在这时，身后传来一个声音。回头看去，只见环姨正朝这边跑来。

"环姨，我去去就来！"我大声喊道。

"啊?!去哪里?!"

"去喜欢的人那里！"

说完，我就冲入了门中，两只猫跟随在我身后。宛如被三棱镜围住了一般，五颜六色的耀眼光芒将我包裹起来。

❖　　❖　　❖

听说，环姨只是看到了我的身影突然消失在门框里。

莫非是看错了吧——她这么想，可跑到门前却一个人影也没有，外甥女和两只猫都不见了。那里没有一丝风,只是寂静夜里的一片草原,唯有立在石墙上的那扇门晃动着门板,就像被从未知世界里刮来的风吹打着一样,发出"吱呀"的响声。

"铃芽……"

环姨喃喃自语,声音有些嘶哑。她不知道究竟发生了什么,也无法相信自己看到的一切,这让她有些混乱了,看来只是回趟老家也解决不了问题啊。之前环姨就有不祥的预感,可眼下的状况还是远远超出了她的理解范围。

姐姐,如果你真的在那里,拜托你,请保护铃芽!

环姨盯着那扇兀自伫立的门,如此想着。

很快,门突然停止了晃动,四周的虫儿仿佛在悄悄地准备迎接秋天,开始低声鸣唱。

常世

依旧燃烧的城市

我从星空中坠落。

仰望头顶上方，我看到了进来的那扇门。门里，悬在信号塔上的满月看上去好小。眨眨眼睛——那里没门，只有一轮巨大的满月。原来我是穿过月亮，从现世落入了常世。虽然醒着，却像在做梦——在这种不可思议的清晰感觉中，我这么想到。

在我两侧，黑色的左大臣和白色的大臣任由风儿吹动着毛发，与我同时落下。眼前是一条炫目的天河，眼下是一直延伸到地平线尽头的乌云。地表仿佛被乌云严严实实地盖住了一般，无法知晓它的样子。我的身体落在了云中，云层遮住了头顶的星星，我一时被包裹在黑暗之中。

很快，从下方的乌云缝隙间隐约看到了地表，有什么东西时隐时现地闪着亮光。最初，看似是流经漆黑大地的几条光之河，红色亮光仿佛叶脉一样在地表绘出复杂的图案。

"嗯？"

那叶脉在缓缓移动。亮光格外集中在大地上的一点，似乎正朝这里隆起。整个大地像卷成了一团般缓缓转动，地面的一部分在向我抬起镰刀状的脖颈。

"是蚯蚓！"

我睁大眼睛叫道。眼下的大地就是一条巨大的蚯蚓，无数发光的叶脉是在它体内流动的岩浆。与现世中浊流般的躯体不同，常世中的蚯蚓有着清晰的实体。正如它的名字，它从头到尾就是一条巨大的蚯蚓。

"它想从后门出去！"

我望着蚯蚓头部的朝向，大声喊道。

蚯蚓正朝月亮缓缓伸展着它那巨大的躯体。这时，突然传来巨兽的吼叫。

是左大臣。黑猫朝着正在上升的蚯蚓"嗷"了一声，全身随即微微颤抖了几下，猛然膨胀了起来。

"啊！"

我惊呆了。左大臣变成了一头野兽，足有一栋房子的大小。黑色毛发瞬间变得雪白，像是被涂抹了颜色一般。尾巴和胡须伸得长长的，宛如突然冒出的白色翅膀，在黑色夜空中飘动。

我在往下落，而蚯蚓升上来的头部与降落着的左大臣，在我眼前开始了激烈的搏斗。左大臣将爪子伸向蚯蚓，像要把蚯蚓的身体按回去一样，不断朝地表落下。旋风卷起，我的身体好似泡入了洗衣机中转个不停。大臣紧紧抱住了我的肩膀。在剧烈的转动中，我拼命抓住了一根从我眼前掠过的白毛。

"呀啊——"

身体被急速向下拉扯着，我不由得哀号起来。我在强风中努力睁开了眼睛，眼前就是按着蚯蚓的巨型左大臣，我抓在手里的白毛原来是左大臣的一根胡须。下降的速度增加了，地表迅速靠近了。地面上蚯蚓长长的躯体卷成巨大的一团，好比一座隆起的山丘，有个东西在山丘中心闪动着一点蓝色光芒。

"那是——"

在扑面而来的风中，我拼命凝神细看。

"草太！"

那是把椅子。在仿佛熊熊燃烧着的蚯蚓躯体上，只有椅子周围是被厚厚涂抹成黑色的山丘。在黑色山丘的中心，微弱的蓝色光芒从那把椅子上放出，正有节奏地跳动着。那是我曾在后门中看到过的、一直镇着蚯蚓的草太的孤独身影。

这时，地上响起"轰隆隆"的声音，蚯蚓的头终于撞上了地面。左大臣用力踏着蚯蚓的头，整个大地剧烈晃动起来。左大臣摇摇头，甩了甩那根我抓着的胡须，我一下就被甩了出去。

"啊！"

我被抛入了空中，再度发出悲鸣，头朝下向地面栽去。突然，紧紧抓着我肩膀的大臣深吸了一口气，只听"砰"的一声，我一下被包裹在了柔软的皮毛中。接着，我的身体感到了很大的冲击力，降落停止了。

"大臣?!"

我坐起身，只见自己坐在熊一般大小的白色野兽的肚子上。我发觉是大臣膨胀起身体，保护我不被落下时产生的巨大冲击伤害。膨胀的大臣紧闭着双眼，疼得连脸都在不停地抖动。它好像已经撑到了极限，身体开始慢慢萎缩。我从猫身上下来，跪在了地面上，地面是松软的泥，周围散落着铁皮和木头。大臣面朝上躺倒在瓦砾中，恢复成幼猫的大小。

"你保护了我——"

大臣的眼睛睁得大大的。

"铃芽，你没事吧？"

说完，它立刻站了起来，动作像原来一样敏捷。我松了一口气，再次打量四周，也站了起来。

"这里是？"

我的周围是正在燃烧的城市——有的房屋倒了，有的房屋完全崩塌了，有的房屋倾斜着，屋顶的瓦都落了下来；信号灯吊在倾斜的电线杆上；小轿车和卡车堆得一片一片，仿佛到处生长的簇生植物；在离我不远的地方，好多艘渔船搁浅在陆地上，变成了黑色的剪影；我的脚下，是饱含着海水与汽油的黑色淤泥。

仿佛几小时前才发生过**那件事**，所有的一切都在迅猛燃烧着。到处都看不到人的影子，这里只有与人世隔绝的那晚的风景。

"这里就是常世？"

不同的人会看到不同的常世——我想起草太的爷爷说过的话。

果真如此，我恍然大悟。十二年里——那晚的城市，原来一直在我脚下，在深深的地底之下永远如那天一般燃烧着，**还在燃烧着**。

视野尽头，闪动着蓝色的光芒。

"是草太！"

我朝那个方向跑了起来，大臣跳到我的肩上。从燃烧的屋顶的缝隙间看到了那座黑色的山丘，顶上闪着光，应该距离不远了。我奔跑在淤泥上，穿行在火焰的缝隙间。背后响起了地鸣，是左大臣在咆哮。回头一看，只见它正在拉回企图再度伸向月亮的蚯蚓头部，帮我阻挡住了蚯蚓——我将视线转回山丘，加速奔跑。

突然，一根燃烧着的柱子在我眼前倒下，我不禁摔了个屁股蹲儿。四下飞散的火花顿时扑面而来，不知谁家的气味瞬间把我包围住了，晚到一步的热浪迫使我慌忙后退。柱子、餐柜、餐桌都在我眼前熊熊燃烧着，而我的手埋在了泥浆里，旁边落下一个小鹿布玩偶。火势在我眼前愈来愈猛，发出"呼呼"的响声。

"呼、呼、呼……"

肺部在急促地喘息。我发觉吸入的空气里有一股奇妙的味道，是一种腐烂的甜味，带着点焦煳的气息，还混着潮水的腥臭。之前闻到过几次，是蚯蚓的气味，就是那股甜味，的确是那晚的味道。

火焰映入我的眼睛，我又要哭了，眼泪顿时蓄满了眼眶。为何我如此脆弱？怒气变成了**动力**，我站起身，绕开火焰跑了起来。我一个劲儿地跑，从烧得火花四溅的汽车旁跑过，从客厅窗帘来回摆动的某家的院子里穿过，从屋顶上放着渔船的大楼一侧跑过。燃烧着的城市，夜空中轻轻飞舞着一些奇妙的水母般的白色物体，原来是毛巾和手帕，以及衬衫和内衣的碎片。无数碎布片好似仅存于此处的珍稀空中生物一般，在黑色夜空中茫然地闪着光飞舞。

很快，周围的房子渐渐少了，瓦砾减少了，火焰变小了，车辆也减少了，但船只多了起来。原来我已经穿过城市的中心地带，逐渐靠近了郊外。左大臣和蚯蚓的头部已成了远处的风景，而黑色山丘迫近眼前，顶上的蓝色光芒被斜坡遮住不见了。

脚下一直发出"咕嘟"声响的泥浆，此时冻成了霜。踩在霜上的声响，逐渐变成踩踏薄冰的"啪嚓"声。温度在下降，湿透全身的汗水已经被冷风吹干，呵气成霜，酷若严冬。

我登上了斜坡。蚯蚓的黑色身躯已被冻住，上面落满了灰。很快，我就在斜坡的对面看到了蓝色光芒。

"草太！"

椅背映射在由下方射出的蓝色光芒中，看起来像一个剪影。三条腿深深刺入了蚯蚓的黑色身体，刺入的地方闪动着如脉搏般跳动的蓝色光芒，看上去好像有冷气类的东西正从椅子流入蚯蚓的体内。我伸出双臂跑向椅子，用双手抓住了刻着两只眼睛的、令我朝思暮想的椅背。

"草太！草太、草太！"

无人回答，那只是一把木头椅子。可那是我的椅子，草太确实存在于这把椅子的某个深处。

我双手抓住椅子的坐面,决定拔它出来。我用力拔,但椅子像冰一样冷,牢牢地嵌进了蚯蚓的身体之中。我咬紧牙关,再加一把力,只听"咯噔"一声,椅子的一条腿抬起了几厘米,从下方缝隙间漏出了刺眼的蓝光。那道光射向我的面颊,仿佛刺刀一般冰冷。

"铃芽,"站在我左肩上的大臣,眯起眼睛盯着蓝光,"拔出要石,蚯蚓就会跑出来哟!"

"那我就变成要石吧!"我想也没想地叫道,"所以,求求你,醒醒呀,草太!"

我一边喊,一边用尽全身力气拔椅子。冷气传到我的手上,变成白色的霜,爬上了我的肌肤,覆盖了我的双臂。

突然,大臣跳下我的手臂。

"咦?"

大臣张大嘴巴,啃住了椅子的一条腿。

"你!"

它在帮我,大臣啃住的那条腿稍稍抬起了点。从缝隙间漏出的蓝色冷光,让大臣的身体也覆盖了霜。我呼气再吸气,又一次用尽全力。椅子继续抬起了一点,蓝光更刺眼了,吹到我们身上的冷气更猛了。左大臣的咆哮声从远处传来,蚯蚓躁动引发了地震,地面从刚才开始就断断续续地摇晃着。我一边拽椅子,一边拼命喊道:

"草太,我来到这里了!"

霜越过肩膀，蔓延到了脸上，连睫毛都蒙上了细细的冰粒。

"回答我啊！草太、草太、草太！"

我的身体在不久前就失去了知觉，睫毛冻住了，眼睑也睁不开了。即便如此，我也没有松懈，想救出草太的那颗心在我身体里燃烧着。"咯噔"，椅子又被拔出了一点，冷光让我愈发感到寒冷。可是我——

"嗨，你好！"

这时，草太的声音响起了。从哪里传来的？不是椅子，不是我耳朵听到的。

"这一带，有废墟吗？"

这个声音，是从我体内响起的。

"fèixū？"

我听到了**自己的**声音。在冻僵的眼睑内侧，映着一个用奇怪表情看过来的我。我骑着自行车，后面是清晨的蓝色大海。这是四日前与草太初次相遇时的场面，是他的记忆。

"你——不怕死吗?!"

说完，草太仰望着我。这是旅途的第二日，在那所已经变成废墟的学校里"闭门"的时候。

"不怕!"

我在椅子上方推着铝门,满脸都是泥巴,大声喊道。

"对吧,我们很厉害吧?"

锁上门后,我满脸得意。

"嗯,我肯定是在做一件重要的事!"

在民宿的房间里,我穿着浴衣,背对着椅子对千果这么说。

"喂,草太也跟我们一起吧!"

我强行坐在草太身上,恶作剧般笑着说。

"草太好受欢迎啊。"

我完全不掩饰自己因嫉妒而生气的表情。

"草太,等等我!"

说完就从桥上跳下时的我,拼了命地不想变得孤单一人。

"啊——就这么——"

草太悲伤地轻声说着。我看着他,几乎快哭了出来。

"就这么结束了吧——就在这里——"

在东京上空的蚯蚓上,渐渐变成要石的草太说道。他的视野慢慢被冰封住了。

"可是——我见到了你——"

我在哭,像个傻瓜似的,眼泪不停地滑落。

"明明见到了你……"

最后看了看我哭泣的面孔,草太的视野变得一片漆黑。

"草太!"

我不由得叫出了声,草太当然听不到。我现在听到的声音,是过去……是草太变成要石时的心声。被关在一片黑暗之中,意识愈发微弱的草太在拼命地喊,用无法传到现世的声音呐喊。

"我不想消失。

"我想继续活着。

"我想活下去。

"惧怕死亡。

"想活着。

"想活着。

"想活着。

"我还想——"

"我也一样!"

我对着椅子喊道。

"我也想继续活着!想听见声音,害怕孤单一人,害怕死亡——草太!"

所以,求求你,醒来吧!我活动了一下冻僵的身体,眼睑依旧被冰封着。我将脸靠近椅子的椅背,温柔地描述着在眼睑内侧窥看到的草太的记忆。

你也看到了。你一直在看着我的身影,听着我的声音。蓄在我眼睑内侧的泪水好似燃烧了一般火热。

"草太——"

我轻轻地自言自语，只为让他一人听见。

"没有你的世界，我怕得不得了。所以，快起来，快醒来吧！"我一边央求，一边将嘴唇贴上了冰冷的椅子。

❖ ❖ ❖

那时，草太在比常世更遥远的地方，在世界边缘的一处沙滩上。

他一直坐在椅子上，被厚厚的冰覆盖着。那里没有声音，没有颜色，也没有温度。他被包裹在完美的静寂之中，一切都不存在，只剩下奇妙而甜美的虚空。

在原本无物的世界里，突然生出了一种东西，是热度。那里是眼睑的内侧，是眼泪的热度。

是声音。这次是耳朵开始产生了热度。从远处传来一个人的声音，开始让他的耳朵有了意义。

是嘴唇。一个人的微弱体温，试图使他的嘴唇恢复原有的颜色。仿佛有人将他与世界之间本已被斩断的线，正一根接一根重新连接起来。

他缓缓睁开了双眼，眼前立着一扇破旧的木门。

"啊"——他吁了一口气，气是热的。

门打开了，里面的光景太耀眼，他眯起了眼睛。门里有人向他伸出了手，进入了他的世界，他也想伸出手臂。冰裂开了，两个人的指尖碰到了，互相握住了对方的手。热量注入了他的身体，那双纤细的手在用力拉他，热泪从他的眼眶溢出。

冰融化了，破裂了。随后，他的身体离开了椅子，钻进了那扇门。

蓝光四处飞溅，椅子被拔了出来。

我拿着椅子，猛地朝后仰倒，从山丘的斜坡上滚了下去。在滚动中，我无意中瞥到大臣依然叼着椅子腿。我无可奈何地向下滚着，却感觉将身体冻僵的那股冷气褪去了。突然，背部受到强烈的撞击，我一下晕了过去。

但是，那只是一瞬间。

感觉身体停止了滚动，我吃惊地睁开了眼睛——

他竟然在我眼前。

草太闭着眼睛，横躺在我眼前，是**人形**的草太。他长长的睫毛，影子柔和地落在瘦削的面颊上；一颗小小的黑痣，恰到好处地长在左眼下方；白皙光滑的肌肤，渗着暖暖的血色。他缓缓地呼吸着。我仿佛在看日出，感觉热量回到了我们的身体。他微微睁开眼睛，看到了我。

"铃芽？"

"草太——"

草太慢慢坐起了上半身，我也站了起来。

"我……"

他用如梦初醒般的表情看着我。我笑了。

这时，隔着草太的肩膀，我看到一团横躺着的白色毛球。

"大臣?!"

白色的幼猫疲惫地倒在泥中。我慌忙跑了过去，双手捧起它小小的身体，发现它依旧冰凉。

"怎么了，没事吧?!"

大臣微微颤抖着，慢慢睁开了眼睛。

"铃芽，"它用嘶哑的声音叫了我的名字，"大臣，没能成为铃芽的猫。"

"咦？"

做我家的猫吧——我猛然想起自己不经意间说的那句话。"嗯"，大臣那时这么回答。它一度睁开的眼眸再次闭上了，原本很轻的小猫变得像石头一样沉重，身体越来越凉。

"大臣？"

"用铃芽的手，放回去吧。"

我捧在手中的小猫变成了石像，一个短杖形的石像，跟我在九州拔出它时一模一样。大臣变回了冰冷的要石。眼泪突然涌了出来，我强忍住了哭声，尽管这是我在整个旅程中一直期待的事——我还是哭了。

就在那时,一声野兽的哀号响彻苍穹。是从头顶上方传来的,我便朝上望去,只见左大臣被蚯蚓卷住,正被举向天空。

"难道——那是第二块要石?!"草太惊讶地注视着我,大声问道,"是你带来的?!"

又从背后传来地鸣,我们转过头看,原本凝固不动的黑色山丘开始动了起来。

"蚯蚓的尾巴恢复了自由。它整个身体都会从后门窜出去的!"草太叫道。

是的,这一刻我也发现了,蚯蚓体内现在没有刺入要石。我不禁将双手捧着的石像紧紧搂在了胸前。

头顶上,左大臣还在咆哮。它张大口,用力咬住了闪着红黑色光芒的蚯蚓躯体。在空中的蚯蚓,体内喷出说不清是血还是岩浆样的东西。蚯蚓剧烈翻腾,地面上的黑色山丘也如波浪起伏一般渐渐散开了。脚下剧烈晃动着,我连站都站不稳。

"呀啊啊啊!"

我忍不住发出了悲鸣。蚯蚓的黑色尾巴眼瞅着恢复成了红色,以席卷瓦砾之势拍打着地面。汽车、房子、电线杆,都宛如树叶般在空中飞舞,接着纷纷从天而降。我下意识地抱住头蹲在泥中。

"嗯?"

一双大手温柔地托起了我。是草太,他抱着我跑了起来。在他的身后、侧面、跟前,巨大的瓦砾不断落下。他在缝隙中游走着,泥和瓦砾的碎片在我眼前眼花缭乱地飞舞。就在那一瞬间，我沉醉在他强健有力的臂弯里。他原本的身姿，他的可靠，还有他的力量，都给了我晕眩般的感动。这时，前方突然落下一大块水泥，草太打了一个趔趄，差点摔倒。我从他手臂中飞下，一只手撑住泥地，站起来开始奔跑。

"铃芽！"我们并排跑着，草太担心地说。

"没事！"我叫道。

是的，我们曾经是战友，二人在一起曾战无不胜。哪怕在世界的内侧，我们在一起也可以所向披靡。

"接下来怎么办?!"

在燃烧着的瓦砾中踏着泥浆奔跑，我问他。

"听声音。你听一听！"

"嗯？"

"跟着我！"

说完，草太冲向一座比周围高不少的瓦砾堆。他爬上堆放的汽车，跑过倒塌的混居楼，扒着一艘侧翻渔船的船底向上爬。我拼命跟在他的背后。草太从渔船上向我伸出一只手，我单手抱着要石，用另一只手抓住了他的手，费力地爬上了船。我屏住呼吸，与他并排站在一起。从这个瓦砾堆上，我们可以一同看到燃烧着的城市。

"惶恐呼尊名，日不见之神！"

草太大声叫道。他的视线前方就是燃烧着的城市，在城市的深处，左大臣和蚯蚓正纠缠在一起。草太深沉的声音，朗朗地回荡在常世的大气中：

"古之祖先产土神，御赐山河长久远，不胜惶恐，不胜惶恐，恭敬万分——"

草太用力伸出双手，仿佛要拥抱整座城市。他紧闭双眼，面颊上闪动着无数玉石般的汗珠。

"就此奉还！"

他一边叫喊，一边双手击掌。下一刻，眼前出现了令我瞠目结舌的光景。

燃烧着的夜间城市，仿佛隔在薄薄的窗帘后一般缓缓摇动着。瓦砾的黑色与火焰的红色好似融在了一起，颜色越来越淡，渐渐浮起一层娇艳的颜色。

那是沐浴在朝阳下的往昔城市——五颜六色的房顶反射着阳光，汽车在路上往来穿梭，信号灯时红时绿，白色的渔船仿佛发着光一般漂浮在远处的蓝色地平线上。

空气清澈透明，饱含着即将来临的春之气息，弥漫着生活的各种味道。我闻到了味噌汤的味道，烤鱼的味道，晾晒衣物的味道，灯油的味道。那是早春的清晨城市味道。

不久，响起了轻声细语，就像被风带过来一般。孩子的声音，老人的声音，铿锵有力的声音，温软的声音，各种人的声音交织重叠在一起，传入我的耳中。

"早上好。"

"早上好。"

"我开动了!"

"我出门了。"

"多谢款待。"

"你慢走。"

"早点回来啊!"

"要小心一点。"

"去去就来!"

"我出门了。"

"你慢走。"

"我出门了。"

"我出门了。"

"我出门了!"

那是各种各样的人在早晨发出的声音。是**那天早晨的声音**。

"我知道,生命只是暂时的。"

草太的声音从我头顶响起,让我一下回过神来。眼前的城市又恢复了燃烧着的夜晚光景。草太闭着眼睛,双手合十,像在祷告似的喊道:

"我知道,死亡常伴我们左右,但我们还是祈求您,哪怕是一年、一天,甚至只是一时,我们也想活下去!"

草太的黑发和白色长衬衫，在常世纷纷扬扬的火花中随风飘动。

"勇猛的大大神啊！请求您，请求您——"

草太睁开眼睛，更大声地叫喊道。在他视线的遥远边际，是骑在蚯蚓头上的左大臣。那头巨大的白色猛兽停了下来，一动不动地注视着草太。

"施以援手！"

左大臣"嘎嗷"咆哮着，仿佛在回应。它踹着蚯蚓的身体，下落后径直朝我们的方向跑来。一步飞过几栋房子，一脚跨过燃烧的河流，一跃穿过宽敞的校园，眼瞅着靠近了我们。这头白色巨兽就像吹过夜晚城市的一阵风，来到了我们面前。我忍不住向后退，而草太的大手悄悄握住了我的手。

"来吧。"

左大臣对我张大了嘴巴，正燃烧般的火红舌头和尖利牙齿近在我眼前，吓得我闭上了眼睛，以为要被吞进去了。就在那一瞬间……

"嗯？"

我突然落入了空中。

风在耳边倒吹，裙子被吹得"啪嗒"作响，地平线也在视野中上下转动。我无意中瞥见随风而去的发圈，这下马尾辫松开了，头发在风中变得乱七八糟。我双手抱着要石，在常世的空中向下坠落。

"啊！"

在遥远的空中，草太同我一样在向下坠落，他的手中也有一块要石。我蓦然醒悟，看来左大臣也变回了要石。

此时，左大臣在草太的手中，大臣在我的手中。草太将要石高高举过头顶，他坠落的地方正是蚯蚓那伸向空中的镰刀状头部。我也向下望去，攀升在空中的蚯蚓尾部，正是我要坠落的地方。

我明白了，自己该怎么做。

我同他一样，高高举起了要石。蚯蚓的尾巴越来越近了，它的身体看上去好似无数根裸露的血管纠缠在一起，每一根血管中都流着一条闪亮的红色河流。我举起的要石，开始放射出犹如静脉血管般的蓝色光芒。红色和蓝色的光线仿佛相互吸引着，都向对方延伸而去，筑成了一道美丽的风景。我像是落入了烟花之中，任由自己的身体坠落，一边声嘶力竭地喊"在此奉还"，一边将要石狠狠地挥向蚯蚓的身体。

就在那一瞬间，构成蚯蚓的所有血管都沸腾了，变成泡沫，四下飞散。

❖　　❖　　❖

两根蓝色的细长光枪，同时刺穿了蚯蚓的头部和尾部。

下一刻，蚯蚓的巨大身躯化成光雨四处飞溅，剧烈地倾泻在地面。与此同时，覆盖天空的云层被吹散了，耀眼的群星照射着地面。饱含地气的彩虹雨闪动着光芒，洒在满是瓦砾的城市上，熄灭了熊熊燃烧的火焰。残留在空中的蚯蚓残渣，如同架在空中的桥梁一般，此时也在缓缓落下。原来那是泥土。花花草草从饱含雨水和泥土的地面上发出芽来，绿色瞬间淹没了瓦砾，好似将整个城市抱在了怀里。接着，出现了——被深深绿草覆盖着，被炫目星空照耀着的静谧废墟。

全部的时间

"铃芽——"

一个温柔的声音喊着我的名字，凉飕飕的指尖轻轻抚摸着我的脸庞。睁开眼，看到草太在担心地俯视着我。

"草太……"

我从草丛中坐起上半身。草太脱掉白色的长衬衫，轻轻披在了我的肩上。我这才发现，原来校服已经破烂不堪了。

"我们……"

"我们和回归土地的蚯蚓一起坠落到了地面。你没有受伤吧？"

我一边说哪里也不疼，身体也能动，一边站了起来。

那把黄色的椅子，落在了塑料瓶、空瓶、木头以及塑料玩具混在一起的杂物堆里。我蹲在草地上，用手抱起了那把熟悉的椅子。

不错，就是那把妈妈专门为我做的、椅背上刻着两只眼眸的儿童椅子。我将它颠倒过来，它依然缺一条腿，不过感觉稍有些不同。我看了一会儿，才发现——它是新的，椅子腿的断面和鲜艳的黄色油漆，都比我熟悉的那把椅子要新很多。它看上去刚被做好不久，椅子腿也像是才断的。

"这把椅子，那天被海啸冲走——"我自言自语着，说出浮现在脑海中的话，"我是在这里捡到的……"

我再次眺望捡到椅子的那个地方。各种各样的小东西排成了一长排，就好像被潮水推上海滩的、来自遥远国度的破烂。所有的一切，又像是一个人给另一个人的信件。

"铃芽！"草太在离我不远处，惊讶地喊道，"有人在！"

"咦？"

我追着他的视线望去。在遥远的丘陵一侧，悬挂着一轮皎洁明媚的满月，一个小小的身影正朝着它缓缓走去。

"小孩子？"草太说道。

"我——"我的心头涌出惊诧与困惑，"我得过去！"

我坐立不安，抱着椅子跑了过去。

"铃芽？"

"对不起，你先等等我！"

草太什么也没问，只是站在原地注视守候着我。

* * *

　　头顶群星闪烁，星空亮得炫目，好似有人错把天空调亮了十倍。天空中悬挂着繁星、白云与夕阳，我在下方朝远处那个孩子的背影一直走着。我用力地踏着青草，强忍着眼中的泪水。

　　原来是这样啊，终于明白了——我心想。

　　我不想知道，可我一直都想知道。

　　我一直认为那个人是妈妈，在心底深处一直坚信能够再次和她相遇，但同时也明白我们不会再见了。草原上的风格外凉，呼气成霜。草太给我穿上的长衬衫太大了，我就把校服上的红色领结紧紧地系在腰间，就当它是一条白色的连衣裙。脚下是从东京穿来的草太的黑色大靴子。马尾辫散开了，头发直直地垂到肩下。不知不觉，我的头发和妈妈那时的头发一样长了。

　　视线的尽头，是一个蹲在草地上的小小背影。我轻轻地把椅子放下，靠近那个浑身沾满泥巴的羽绒服背影，轻轻叫了一声。

　　"铃芽。"

　　那个走累了，找累了，陷入绝望的女孩，慢慢转头看向了我。那是四岁的我，是为了寻找妈妈，偶然钻进后门，误入了常世的我。那双眼眸晃动着期待与不安，惊讶地望着我，仿若终于发现了挣脱噩梦的出口一般。我不知道自己该做出什么样的表情，可我想缓解她的悲伤，哪怕只是一点点，于是拼命给出了一个微笑。

"妈妈？"

铃芽问道。我犹豫了，尽管非常清楚铃芽想得到怎样的回答，可我——

"不是的……"

我说着，摇了摇头。我无奈地望着泪水涌入铃芽的眼眶，但她没有哭。

"你认识铃芽的妈妈吗？"

她将冻僵的小手规规矩矩地叠放在身前，努力端正了站姿，大声地说。

"妈妈肯定也在找铃芽，她一定很担心吧。所以，铃芽必须去找妈妈了！"

"铃芽——"

"铃芽的妈妈在医院工作，做菜和工作都很棒。不管铃芽喜欢什么，她都可以做给我。"

"铃芽，我说——"

"铃芽的家……"

不行了，泪水已经涌出铃芽的眼眶，正扑簌簌地滑落。幼小的铃芽一边吸溜鼻涕，一边拼命地继续说：

"因为我的家已经没有了……只是因为妈妈还不知道我在哪里——"

"别再说了!"

我已经不忍心再听下去,跪在草丛里,双手用力地抱紧了铃芽。

"我已经知道了!"

对着**我俩**,我这么说道。

"为什么?!我妈妈还在的!我都说了她正在找铃芽呢!"

"铃芽!"

铃芽扭动身体挣脱我的双手,像要逃离我一般远远地跑开了。她一边跑,一边朝星空大喊:

"妈妈,你在哪儿?妈妈!"

"啊!"

我不由得伸出双手。铃芽一下子朝前摔倒了,但她立刻从草丛中抬起了上半身。

"妈妈!"

铃芽大声哭了起来,仿佛在责怪妈妈,责怪我,甚至责怪整个世界。她不停地哭,哭得声嘶力竭,似乎用尽了全身力气。她的身体剧烈颤抖着,对面那常世的赤红色夕阳如血一般浓烈沉重,开始缓缓落下,好似映衬着她的绝望。那风景不知不觉渗入我的心底,我也哭了。

"妈妈……"

我这么喊了一声,眼泪随即潸然而下。眼前一直哭泣的铃芽,她的悲伤也是我的,我们有着同样的悲伤。她的绝望、寂寞和近乎窒息的悲痛，还有几近燃烧的愤怒，全都丝毫未减地存于我内心。我也哭了，泣不成声。我们坐在草地上一直哭。

可是……

听着铃芽肝肠寸断般的哭声，我突然想到，这不行，这样下去可不行，我不能再哭了。铃芽**和我不同**。虽然我现在依旧脆弱，可那之后，我已经活了十二年啊！我活了下来。铃芽现在还是一个人，我则不是。我若不做些什么，任凭她这样下去，那她在这个世界上就真的孤单一人了，会活不下去的。

我仰起脸，一个黄色的东西映入了余光。我拿手背用力抹去眼泪，抱起那把儿童椅子就朝铃芽跑去。

"铃芽——"

我放下椅子，蹲在了抽泣着的女孩身旁。

"嗯？"铃芽很惊讶，眼泪继续从眼眸中落下，"是铃芽的椅子。咦，怎么会？"

说完，她疑惑地仰望着我。

"我该怎么跟你解释呢……"

我刻意地笑着，开始寻找语言。等回过神时，太阳已经沉入云层，周遭被笼罩在透明而鲜亮的蓝色之中。

"我说啊，铃芽，无论你现在有多么难过——"

我能告诉她的只有真实发生的一切，仅仅是简简单单的事实。

"接下来，你都会好好地长大。"

风猛烈地吹着，将我们的泪水吹向了空中。天空越来越暗，星星愈来愈亮。

"所以，你不要担心，也不要害怕未来！"

星星在铃芽的眼眸中闪动。我祈祷自己说的话能够直达她的心底，笑吟吟地大声说道：

"铃芽——你今后会有自己最喜欢的人，也会遇到很多最喜欢你的人。你可能觉得现在一片黑暗，但清晨很快会到来的。"

星空以看得见的速度在转动，仿佛时间加快了一般。

"清晨来了，晚上会跟着到来，如此周而复始，你就在光芒之下长大了。肯定会这样，这是命中注定的，没有人能阻止得了。即便将来会发生一些事情，但任何人都无法阻止铃芽长大。"

几道流星从夜空滑过，草原对面的天空随即被染成了粉红色，清晨来了。我凝视着沐浴在晨光中的铃芽，又说了一次：

"你将在光芒之下长成大人。"

说完，我抱着椅子站了起来。铃芽抬头望着我，讶异地问道：

"姐姐，你是谁？"

"我啊——"

和煦的风儿吹过，脚下的花草迎风招展，仿佛跳舞一般在我们周围摇曳着。我躬下身子，将黄色的椅子递给铃芽：

"我是铃芽的明天。"

铃芽的小手牢牢地抓住了椅子。

❖　❖　❖

幼小的女孩，眼前有一扇门。

她一只手抱着椅子，一只手握着门把手，打开了门。

门对面是一片灰色的世界。天还未亮，在微暗的天空中，细雪纷纷扬扬，到处都是刚出现的瓦砾留下的漆黑剪影。三月份的大地，充溢着还未被抚慰的悲伤，在门的对面绵延无尽地伸向远方。

在钻入那扇门之前，女孩仅仅回了一次头。

远处山丘上有两个大人的影子，一个是高大的男子，一个是身上连衣裙随风飘荡的女子，他们正目不转睛地注视着女孩。两人站在迎风摆动的茂密青草上，沐浴在银河的光辉之中，宛如图画一般美丽。那一幕，永远地烙印在了女孩的脑海中。

女孩转回头，迈着坚定的步伐走进了那扇门。她抱着心爱的黄色椅子，回到了那片灰色的世界里，然后用稚嫩的小手紧紧地关上了门。

❖　❖　❖

"我——忘记了。"

关紧立在石墙边的那扇门后，我握着门把手，喃喃自语。

"所有重要的东西——在好久之前，就已经拿到了。"

站在一旁的草太温和地微笑着，点了点头。天空呈现出黎明前夕时的淡淡水蓝色。比起常世的天空，现世天空的颜色要更浅更温和，但这里处处生机盎然。周围，清晨的鸟儿在忙碌地鸣啭着，远方道路上缓缓移动着要去工作的轻型卡车，防潮堤另一面的海潮声起起落落。

我松开门把手，握着在脖子上挂着的闭门师钥匙，待门上浮现出闪着光芒的锁孔后，就把钥匙插了进去。然后，我深深地吸了一口清晨的空气。那是混合着花草树木、大海与人们生活的清晨城市的味道，是我所生存的这个世界的味道。

"我出发了。"

说完，我便锁上了属于我的后门。

第六日与后日谈

那天要说的话

关于我的旅途故事,到此就全部讲完了。

不想忘记的感情,希望一直留在记忆中的事情,我认为大概全讲了。接下来是短短的后日谈,但我觉得这可能称不上是尾声,因为我的日子依然在忙忙碌碌且毫无间断地继续着。

锁上门之后——

我和草太一起回到了老家所在的地方,结果有一个意想不到的人等在那里,是芹泽。他和环姨并排倚靠在草丛中的水泥基底上,睡着了。草太看到他时的表情相当耐人寻味,惊讶、困惑和亲切交织在脸上,异常复杂的表情暴露了草太的不知所措。

"他说,来要回借给你的两万日元。"

我告诉了草太,结果草太一脸愕然地说:

"啊?我没借他的钱,反而是我借给他的。"

芹泽果然不适合做老师啊,我想。不久,两人醒了,我们四人互相表示了惊讶、感动,并在解释清楚误会之后,一起坐进了芹泽的车。

红色敞篷车的车头凹进去好大一块，看得让人心疼。换挡时，车身晃得比之前更厉害了。原本已经脱落的前门，现在用胶带粘到了车身上。听说那之后，芹泽叫了道路服务，让人把汽车从防潮堤下吊了上来。载着我们四个人的汽车，在可以俯视大海的道路上行驶了一阵子，在半山腰的旧式铁路车站旁停了下来。环姨和芹泽留在了车上，我和草太进了无人站的检票口。

"其实可以一起回去的啊……"

我在站台上等着列车，对站在一旁的草太说。

"人心之重可以镇得住那块土地，可这重量一旦消失，后门就会打开。肯定还有这种地方。"

草太眺望着远处的天空，如此说道。列车的汽笛声和车轮的声音慢慢靠近了。

"我一边锁后门，一边回东京。"

他说，语气仿佛在给什么事物下结论。我可能期待着草太说"一起去吧"，但知道他不会这么说。我有自己应该回去的世界，他则有他应该做的工作。

只有单节车厢的短列车，以令人讨厌的高速度滑行到了我们眼前。门开了，草太默不作声地上了车。

"对了，草太！"

他回过头来。发车的铃声响了。

"我……"

我支支吾吾。就在这时，他突然从车上跳回站台，抱住了我。

"铃芽——谢谢你救了我！"

他在我耳边说道。我的身体被他紧紧抱在怀里。那一瞬间，我的鼻腔一下被堵住了，眼泪夺眶而出，就像个傻瓜似的。

"我会去找你的，一定。"

他笃定地说，接着轻轻松开了我的身体。铃声停了，门关上了，鸟儿在尖声鸣叫，我一动不动地注视草太乘坐的列车渐渐远去。草太的白色长衬衫穿在我的身上，它反射着清晨的阳光，使我整个人都释放出耀眼的光芒。

之后，我们三人又坐着芹泽的车，用半天时间回到了东京。老实说，坐那辆车真的让人胆战心惊（坐在车篷合不拢的车里，被风一直吹几个小时，我的心情可想而知）。不过，要是丢下芹泽，就我俩乘坐锃亮的新干线回去，也确实太不好意思了。果不其然，在回来的路上，我们不仅淋了雨，还被警车拦下过，发动机也出过故障。可我们索性破罐子破摔，一路上兴致勃勃。我们在道路旁的车站买了各种各样的点心，拿到车上吃，环姨还把冰激凌送到握着方向盘的芹泽的嘴里。芹泽播放的流行歌曲，无论是知道的还是不知道的，我们三个都一直大声跟着唱。周围的车里向我们投来了诧异的目光，可我们完全不在意。傍晚到达东京站时，我们都已经精疲力竭了。我和环姨在东海道新干线的检票口前，同芹泽握手告别。

我和环姨又用了两天时间，从东京回到宫崎，不过先是在神户的瑠美小姐的小酒吧里住了一晚，又去爱媛千果家的民宿里住了一晚。环姨在东京站给这两家人买了好多手信，见面后，她将手信交给对方，一个劲儿地鞠躬致礼，嘴里说着"这次我家姑娘给你们添麻烦了"。我们在小酒吧帮着招待客人，在民宿帮着做家务。环姨格外受小酒吧的男女客人们欢迎，我对她深藏不露的才能大为惊叹。瑠美小姐、美雪小姐、环姨和我四人，在卡拉OK纵情歌唱（这几天，我对昭和年代的歌曲已经非常熟悉了）。我和千果在一个房间里头靠头睡在一起，一直聊到天亮。

然后，我们到来时的那个港口，乘坐渡轮回到了宫崎。稔叔来宫崎港接我们，环姨表情好似有些不耐烦，但看得出她心里还是挺开心的。无论是在汽车上，还是在电车和渡轮上，旅途中我一直在手机上看日本地图。现在才发现，对我来说，日本地图已经成了一个特别之物。

接下来，过了好几个月。

我每天上学，学习上比以前积极了些，正为明年的考试做准备。虽说和环姨斗嘴斗得更勤了，但这也算是令人愉悦的思想碰撞吧。她为我做的便当依旧独具特色。上学路上看到的蔚蓝大海，也一天比一天鲜亮。在我眼中——入冬之后，蔚蓝的大海，灰色的云层，漆黑的沥青路面，好像都越来越明亮了。世界仿佛在光亮中，朝某一点不停地变化着。

那就像是世界开始的第一天——在二月的早晨，天空湛蓝，没有一丝云彩，迎面吹来的风还有些生硬冰冷，透明干净的阳光照耀着城市的每个角落。我穿着校服，脖子上裹着一条厚厚的围巾，正踩着自行车沿海边的坡道往下冲，学生裙被风吹得猎猎作响，如深呼吸般蓬起。

我看到一个人走上了坡道。

那人的长外套随风飘动，正踏着坚实的步伐向我走来，我一眼就认出了他。我想，自己会说出**那天**我们都未能说出口的话。他站住了，我也停住了自行车。

我将大海的气息深深吸入胸腔，对他说：

"欢迎回来！"

后记

本书《铃芽之旅》是我执导的动画电影《铃芽之旅》的小说版。在制作电影的同时创作小说，这是继《你的名字。》《天气之子》之后的第三次。但每次动笔之前，我的心情都会有些沉重（我感觉自己不能同时做好那么多事），可一旦开始写就会逐渐感到其中的快乐，写完时又会觉得这绝对是一个必要的工作，这次也一样。在文章里追踪女主角铃芽的心理变化，现在想来，即便不存在电影版，这也是我必须做的一项工作。

　　接下来，稍微谈谈故事的创作背景吧。

　　如果您不想带着任何先入为主的观念阅读小说（或观看电影），那就请您先从小说看起吧（或者先从电影看起）。

　　我三十八岁那年，东日本发生了大地震。尽管我不是直接受灾者，但那成了我近四十年人生中的一个低谷。无论是在制作动画时，还是在写小说时，甚至是在养育孩子时，那时的感触都一直萦绕在我的脑海里。为什么？怎么会这样？为什么是那个人？为什么不是自己？这样就完事了吗？这样就可以避开了吗？可以一直摆出无动于衷的样子吗？该怎么做？现在该做些什么？我不停地思考着这些问题，不知何时，这与制作动画电影几乎成了同等重要的一件事。在那之后，虽然目睹过世界被重新改写的几个瞬间，但我感觉回荡在心底的声音，一直都停留在了二〇一一年的那个时刻。

  我依旧倾听着来自心底的声音，写下了这个故事。然后，我应该会反复思考同样的问题，把或许并不出彩的故事（尽管我一直努力让故事更精彩）讲述得精彩一些。我将继续创作下去，希望下一次能创作出让观众和读者更加喜爱的作品。

  这次，无论是电影还是小说，都希望您能喜欢。

二〇二二年六月　新海 诚

原作名：すずめの戸締まり；作者：新海 誠
Suzume
© Makoto Shinkai
©2022SNTFP
First published in Japan in 2022 by KADOKAWA CORPORATION, Tokyo.
Simplified Chinese translation rights arranged with KADOKAWA CORPORATION, Tokyo.
Translation copyright ©2023 by Guangzhou Tianwen Kadokawa Animation & Comics Co.,Ltd.
日本音乐著作权协会（出）许诺第2209584-201号

著作版权合同登记号：01-2022-6628

图书在版编目（CIP）数据

铃芽之旅 /（日）新海诚著；吴春燕译. -- 北京:新星出版社, 2023.1（2023.4 重印）
ISBN 978-7-5133-5097-6

Ⅰ.①铃… Ⅱ.①新… ②吴… Ⅲ.①长篇小说—日本—现代 Ⅳ.①I313.45
中国版本图书馆CIP数据核字（2022）第239757号

本书为引进版图书，为最大限度保留原作特色，尊重作者写作习惯，酌情保留了部分外来词汇。特此说明。

铃芽之旅

[日] 新海诚 著；吴春燕 译

责任编辑：李文彧
特约编辑：吴乔煕
责任印制：李珊珊
装帧设计：杨 玮

出版发行：新星出版社
出 版 人：马汝军
社　　址：北京市西城区车公庄大街丙3号楼　100044
网　　址：www.newstarpress.com
电　　话：010-88310888
传　　真：010-65270449
法律顾问：北京市岳成律师事务所

读者服务：010-88310811　service@newstarpress.com
邮购地址：北京市西城区车公庄大街丙3号楼　100044

印　　刷：凸版艺彩（东莞）印刷有限公司
开　　本：890mm×1240mm 1/32
印　　张：8.25
字　　数：220千字
版　　次：2023年1月第一版 2023年4月第四次印刷
书　　号：ISBN 978-7-5133-5097-6
定　　价：45.00元

版权专有，侵权必究；如有印装质量问题，请致电：020-38031253